Ana Bilić

Ulica snova

fantastične priče

Edition gaar

SADRŽAJ

ULICA SNOVA

Andrija je uvijek dobro spavao. Iako je bio u visokom godinama, san mu se, za razliku od njegovih vršnjaka, nije promijenio – spavao je čvrsto i dugo, rijetko se budio i rijetko je sanjao. Kad bi legao u krevet, bio je dovoljno umoran da odmah zaspe i nikakve brige ne bi mu oduzimale od sna. I kad bi bio najiscrpljeniji od posla, ne bi zaspao kao da pada u nesvjesticu, nego mu se san spuštao na vjeđe kao paperje.

No te večeri kad je legao u krevet bilo je drugačije. Iako je provjetrio sobu, ostala je nekako pretopla i suha. Pogledao je kroz prozor prema nebu, mjesec je bio u uštapu i oko njega su se skupljali oblaci. Zašto je pogledao kroz prozor, nije znao – nije imao naviku gledati mjesec ni nebo ni vrijeme, prognozu je slušao ponekad ujutro preko radija. Ostavio je prozor otvorenim i uključio noćnu lampu. Namjestio je jastuk kako ga inače namješta – da bude tvrđi, presavio ga je napola i namjestio da mu može udobno ležati između ramena i glave. Ispružio se i brižno pokrio leđa. Stopala je ostavio otkrivena – bila su vruća i pokrivač im je smetao. Obično je spavao okrenut prema prozoru, ali ovaj put okrenuo se na drugu stranu bračnog kreveta. Druga polovica bila je prazna. Mirna, njegova žena, nije išla nikada spavati prije ponoći.

No zaspao je tek nakon što se nekoliko puta okrenuo s jedne na drugu stranu, nakon što je zatvorio prozor, isključio lampu i pokrio stopala. I usnuo je ovakav san:

Bio je u tamnom hodniku nekog starog dvorca. Polako je hodao, ogledavao upaljene baklje koje su bacale škrtu svjetlost na pod i slušao kako njegovi koraci odjekuju u praznini. Hodao je dosta dugo, a onda ugledao Mirnu. Stajala je ispred ogromnih hrastovih masivnih vrata. Pogled joj je bio uperen prema gore. I Andrija je pogledao uvis. Ugledao je malu mesinganu alku.

Andrija je sada bolje pogledao Mirnu. Na sebi je imala bijelu haljinu s crvenim točkicama. Crvene točkice bile su i na bijelim rukavicama koje je nosila na rukama. Njezina kosa bila je plava, kratko podšišana i valovita. Na nogama je imala bijele cipele s visokim potpeticama. Bila je vitka, lijepa. I sad se Andriji učinilo da ju je već vidio takvu ... Mirna je prošla rukom kroz kosu, popravila haljinu i pokucala na vrata. No iako je kucanje bilo energično, zvuk kucanja zamro je u težini vrata.

Kad se spremala da još jedanput pokuca, vrata su se polagano i bešumno otvorila. Na vratima se pojavio čovjek u crnom odijelu, sa crnom kravatom i crnim rukavicama. Lice je pokrio rukom tako da ga Andrija nije mogao vidjeti. Pružio je Mirni bijelu kovertu. Ona je stajala na mjestu i upitno gledala u kovertu. Čovjek je malo pričekao, a onda joj je rekao s nestrpljenjem: - „Tâ, kupi!" - Ali ona je i dalje piljila u kovertu ne mičući se.

Koverta je stajala na pola puta između njih.

Andrija je postao nestrpljiv zbog njezine neodlučnosti. Htio joj je viknuti neka uzme tu kovertu, ali koliko god se trudio da mu riječi izađu iz usta, nije začuo svoj glas. Htio joj je prići, ali noge kao da su mu bile zalijepljene za pod. Napinjao se, mumljao, pokušavao privući njenu pažnju. Od tog se mučenja zgrčio, a onda razbjesnio. I uto se probudio, napet i zbunjen.

Pogledao je na krevet.

Mirna je spavala.

Zatim je pogledao na sat.

Sedam i deset.

„Treba ustati“, pomislio je.

To poslijepodne kad se Andrija vratio s posla, našao je Mirnu kako sjedi za stolom s kojeg se pušio ručak, i čita pismo.

- Dobila sam poziv od advokata.

- Poziv od advokata? Zašto?

- Ovdje piše, u vezi ostavštine mojeg ujaka.

- …Da? Zar je tvoj ujak imao ostavštinu?

- Otkud bi imao ostavštinu? Pa mi smo platili njegov sprovod. Nije bio neki čovjek, ali nije red da se rod pokapa na državni trošak.

- Možda je ostavio dugove?

- Sumnjam. Škrtice ne ulaze u dugove.

- I kad moraš ići k advokatu?

- Piše: prekosutra. U četiri.

Kad se vratila od advokata, Mirna se čudnovato smješkala. Izvukla je papir iz torbe i šutke ga pružila Andriji. Bio je to ček na vrlo visoku svotu. Tako visoku svotu da se Andrija odmah počeo glasno smijati. Cijeli milion!

- Ostavio nam je taj novac, - rekla je.

- Pa kako?

- Ne znam. Nemam pojma odakle mu toliki novac. Živio kao zadnja sirotinja. Imao je penziju, ali uvijek je govorio da nema što jesti.

- Što je advokat rekao?

- Da je taj ček ostavio kod njega nekoliko mjeseci prije smrti i da je tražio da mi se to preda nakon što umre. Pokazao mi je i potvrdu koju je ujak potpisao.

- Pa, onda ... onda je to naš novac! ... Neka mu je zemljica lakša!

- Pa valjda će mu biti. Bio je przničav i zla jezika, cijela rodbina ga se stidjela. Ali vidiš, došao mu je kraj i shvatio je da će mu se dugovi tamo gore obračunati ... Ali, je li shvaćaš koja je to svota?!

- O da, itekako shvaćam koja je to svota ... – rekao je Andrija s trijumfom na licu.

- I što ćemo s tim novcem?

- S novcem možemo sve. Ali moramo dobro razmisliti ... Bilo bi dobro da je Vid tu. Da čujemo što on namjerava dalje. I njemu će dobro doći taj novac.

- Jučer mi je javio da će ostati kod Branka do ponedjeljka i da neće dolaziti kući. Da su sad baš u dobrom tempu učenja pa neće prekidati. Javit će nam se u ponedjeljak, poslije mature. Ako položi, rekao je. Ali da se mi ne brinemo, da će se on sigurno javiti jer će položiti.

Mirna je uzdahnula i dodala:

- Samo ja baš ne vjerujem u to.

- U što?

- Da je išta naučio. Znaš kakav je Vid. Niti voli učiti niti ga itko može na to natjerati. To što si mu dozvolio da priprema maturu s Brankom, nije bila pametna ideja. Obadvojica su isti. Bilo je bolje da je ostao kod kuće i tu učio. Ja bih ga ovdje pazila.

- Ah, ti samo brineš! Maturirat će on, nije toliko glup. A kad maturira, bilo bi dobro da upiše studij i da studira. I kad bi to još bila medicina ...

- Čekaj da prvo maturira.

Andrija je samo odmahnuo rukom. Nije želio priznati da njegova žena ima pravo. Nije želio priznati da je Vid neodgovoran, lijen i površan. Uostalom, koji bi to otac priznao za sina jedinca? Samo onaj koji ga ne voli.

Vid se javio telefonski u utorak ujutro. Maturirao je. Rekao im je da neće dolaziti kući nego će to proslaviti s društvom. Da ga mogu sutra očekivati.

Pojavio se ne u srijedu nego u četvrtak. Oči su mu bile crvene od nespavanja, stalno ih je ljubio i govorio im kako sad, eto, napokon imaju „gotovog čovjeka“. A kad je čuo za nasljedstvo, oči su mu zasjale. Izvadio je napola punu bocu i uz glasno navaljivanje, ispio s ocem „za pokoj duše tog nečovjeka, ali zato dobrotvora“. Tad im je rekao za svoje planove. Namjeravao je razmisliti jedno vrijeme što će dalje. O studiju nije razmišljao jer ga to ne interesira. Ali neki zgodan stančić, to bi mu jako dobro došlo.

Andrija se uzbunio. Nakon uvjeravanja i raspravljanja, objašnjavanja i mudrovanja o tome što znači čovjeku diploma i nakon svakog Vidovog protuargumenta, Andrija je naposljetku izgubio živce i postavio mu ultimativan izbor: ili će studirati medicinu i dobiti stan, ili može raditi što mu je volja i to bez novaca. I na to je Vid našao protupitanje: pa čak i da želi studirati medicinu, kako je može upisati uz tako slabe ocjene?

- Kad imaš novac, imaš mogućnosti, - rekao je Andrija. - Sve ima svoju cijenu. Pa tako i prijemni ispit.

Vid mu je odgovorio da će vidjeti.

Te noći Andrija je opet usnuo san.

Pojavio se sitni dječarac koji nije imao kosu i čija je lubanja bila ogromna i bijela. Dječarac je stajao u trgovini šešira i isprobavao šešire i kape. Gomila isprobanih kapa ležala je oko njega i nanovo i nanovo dolazile su iz nekih nepoznatih ruku šarene kape, slamnati i pusteni šeširi, kačketi. Dječarac je razgledavao svaku kapu i šešir na isti način, svaku je stavljao na svoju preveliku glavu i u istom ritmu ih je odbacivao.

U rukama mu se pojavio polucilindar. Dječarac je zastao. Razgledavao je polucilindar sa svih strana kao da na njemu nešto traži. Krenuo je da ga stavi na glavu, ali zastao je u pola pokreta. Počeo ga je okretati kao da je nije znao po čemu je on drugačiji. Opet je krenuo da ga stavi na glavu. I opet odustao.

Andriju je uznemirilo to nećkanje i oklijevanje. Htio je da dječarac stavi polucilindar na glavu, imao je veličinu koja je točno odgovarala njegovoj glavi. No dječarac ga je vrtio u rukama i gledao. Andrija je ispružio ruku prema dječarcu da mu uzme polucilindar. Ovaj se je naglo izmaknuo i ... Andrija se probudio.

Snovi su počeli uznemirivati Andriju. Oba sna su izgledala kao predskazanja. Njegova žena je dobila papir kao i u snu – pismo od advokata, baš kako je on sanjao. Čak mu je čovjek u snu nagovijestio što će biti s pismom. Rekao je: „Kupi.“ I on je bio spreman Vidu kupiti prijemni ispit. Možda to nije moralno, ali svi koji misle na budućnost svoje djece, ulažu u njihovu budućnost.

I ovaj novi san kao da je bio slika stvarnosti. Taj dječarac bez kose na glavi nije se mogao odlučiti za kapu, baš kao i njegov sin za išta određeno u životu. Promijenio je dvije srednje škole, odustao od pet-šest tečajeva, razbio dva auta, čak su se i djevojke koje je viđao vikendima ujutro smjenjivale u posjetima brzinom koju Andrija nije mogao pratiti. I sad u snu polucilindar koji ga je zaokupio, kojeg je tako zainteresirano razgledavao! To je sigurno taj studij za koji se još predomišljava.

Tih dana imao je neprilika sa susjedima iz stana iznad njihovog, mladim ljudima s troje djece koji su odlučili naknadno se vjenčati. Djecu su ostavili kod rodbine i pozvali hordu ljudi koja je cijelu noć pijančevala, derala se i tulumarila. Po hodniku su se čule grupe raspojasanih koji su odlazili i novih koji su dolazili.

Andrija je otišao pitati kad će se stišati buka kod njih. Razgaljeni mladoženja ga je izljubio i nazvao „najboljim susjedom u ovom ušljivoj štali od zgrade" i prisilo ga da popije s njim po jednu „za bračnu hrabrost". Andrija je zaključio da mladoženja neće dugo izdržati i da će se sve brzo svršiti.

Proslava je nastavljena još jedan dan i noć i zbog toga je Andrija malo spavao. I drugi susjedi su se tužili zbog dernjave, ali poslije ponoći se sve stišalo i čula se uglavnom prigušena glazba. No što su radili uz tu glazbu, Andriju je izbezumljivalo: čuo je povlačenje, grebanje, pomicanje nečeg po podu, s vremena na vrijeme prigušeno kikotanje. Ustao je nervozno iz kreveta i razmišljao o tome da pozove policiju.

Trećeg dana bio je na katu mir, ali navečer su opet počeli stizati gosti. Čuo se smijeh, glazba, zdravice, poslije se plesalo. Andrija nije više imao snage, svako skakanje uz glazbu bilo ja kao da mu udaraju čekićem po glavi. Nazvao ih je i zaprijetio im da će reći policiji da se kod njih drogira ako smjesta ne prestanu. I zaista: halabuka se utišala, glazba se ugasila i neko vrijeme čuo se samo tihi razgovor.

Andrija je legao u krevet potpuno iscrpljen i smjesta je zaspao.

Usnuo je novi san:

Bio je u ogromnoj učionici koja je umjesto klupa bila napunjena dječjim krevetićima. U svakom krevetiću sjedilo je po djetešce, neutješno plakalo i pružalo ruke da ga se uzme. On je obilazio krevetiće i pokušavao ih umiriti, govorio im da će sigurno netko doći i uzeti ih. No djeca nisu prestajala plakati. Andrija je postajao sve nervozniji, konačno je uzeo jedno dijete iz krevetića i pokušao ga primiriti. Dijete mu je guralo prste u usta, on ih je micao i ljutio se.

Odjednom mu je sinulo da je dijete možda gladno. Ogledao se po učionici. Hrane nije bilo, u kutu je stajao umivaonik i gomila plastičnih čaša. Otišao je s djetetom do umivaonika. „Možda je žedno ...“. Otvorio je slavinu. Nagli jaki mlaz vode ga je poprskao i on ga je pokušao smanjiti. No slavina se zaglavila, voda je prskala na sve strane. Uzeo je čašu, napunio je i prolijevajući pružio je djetetu. Dijete je željno posegnulo za čašom i nagnalo piti.

Sad su sva djeca, kao životinjice, namirisala vodu i počela uglas tuliti. Vratio je dijete na njegov krevetić i krenuo puniti čaše. Punio je dvije po dvije čaše i nosio ih djeci. Ona su grabila za čašama i silovito ih gurala u usta, prolijevajući i mljackajući kao da jedu. Voda se u umivaoniku napunila do rubova i počela curiti po podu. Andrija je ponovo pokušao zatvoriti slavinu, ali nije išlo. Djeca koja su popila vodu, počela su opet plakati. Andrija je uzeo nove čaše. Svaki put kad bi razdijelio vodu, vidio bi kako lokvica vode na podu postaje sve veća i veća. Djeca su i dalje tulila i tražila vodu. Osjetio je kako ga njegova bespomoćnost koči, pomislio je kako zasigurno neće uspjeti napojiti djecu nego će voda napuniti učionicu i podavit svu djecu prije nego ih on napoji. Naglo se probudio, jer ga je netko drmusao. Mirna mu je uplašeno govorila:

- Ustani! Voda curi sa stropa! Ovi gore imaju poplavu ...

Andrija je skočio. Sa stropa je curio tanak mlaz na njihov ormar.

- Gdje je Vid? – upitao je.

- Vani je s društvom, - rekla je žena noseći lavor iz kupaonice.

Navukao je kućni ogrtač i papuče i izašao na hodnik. Čuo je glasove s gornjeg kata, dvoje gostiju silazilo je stepenicama i on ih je upitao što se dogodilo.

- Ah, budalaštine! Jedan se napio, zatvorio u kupaonicu, pustio vodu i onda zaspao. Valjda se htio okupati, luđak. Sad provaljuju unutra.

Andrija se popeo na kat. Ulazna vrata su bila otvorena, par ljudi su raspravljali ispred kupaonice. Kućepazitelj je klečao kraj brave i isprobavao ključeve iz debelog svežnja ključeva. Ubrzo je otključao vrata i svi su nagrnuli u kupaonicu. I on se progurao. Ugledao je kako se voda kao vodopad prelijevala iz kade na čovjeka koji je na podu glasno hrkao. Kućepazitelj je zatvorio vodu, podigao poklopac sigurnosnog odvoda i voda je u vrtlozima počela nestajati.

Andrija je upitao gdje je mladoženja. Jedna žena mu je rekla da se taj tako napio da su ga morali odvesti na hitnu, na ispumpavanje, otrovao se alkoholom. „Kakav mulac.“, zaključio je Andrija. „I što sad napraviti?“ – pomislio je. „Ništa ... Štetu u mom stanu platit će osiguranje, stan je osiguran.“

Uzdahnuo je pa se spustio nazad u stan.

Vratio se u spavaću sobu i pogledao plafon iznad ormara. Mrlja na stropu je bila sada puno veća. Ispričao je ženi da su zaustavili poplavu, a onda je upitao je li platila osiguranje stana za ovu godinu.

Žena ga je pogledala s čuđenjem:

- Pa ti si ga platio ...

- ... Ne, ti si ga plaćala, zajedno s drugim računima.

- Ne. Ti si ga plaćao. Dala sam ti uplatnicu da je platiš zajedno s osiguranjem za auto.

- Nisi mi dala nikakvu uplatnicu.

- Jesam, jesam, - uvjeravala ga je.

- Nisi mi dala, pa nisam blesav! Ja znam što sam platio. I znam da si ti trebala platiti osiguranje.

- Ma dala sam ti uplatnicu! - bila je uporna.

- Je l' ti mene praviš budalom? ... Znači da nisi

platila osiguranje, je l'?

- Nisam ni mogla ... uplatnica je bila kod tebe. – rekla je Mirna tiho.

- Ti nisi sposobna nizašto! – razbjesnio se Andrija. - Ni jedno pišljivu uplatnicu nisi u stanju platiti. JA o tome moram voditi računa! O svemu u ovoj kući JA moram voditi računa.

- Pa nemoj se srditi! Imamo novaca, - rekla je pokajnički.

- Da, sad trebamo sav novac što smo dobili profućkati i razdijeliti okolo. To si mislila?!

Žena je šutjela.

- Imaš pravo ... Zašto ja tebi uopće išta govorim?

Mirna je bez riječi otišla u kuhinju, a Andrija je sjeo na krevet. Od nervoze ga je zaboljela glava, želudac mu je bio zgrčen. Sjedio je neko vrijeme dok mu se bol nije primirila.

Tada je ustao i pogledao kroz prozor. Mjesec je bio u uštapu, oko njega skupljali su se oblaci. Vratio se do kreveta. Legao je i umorno se pokrio ostavljajući stopala otkrivena. Okrenuo se s jedne strane na drugu. Onda opet na drugu stranu. Zaspao je napet, s trzajima.

I sanjao:

Hodao je nekom nepoznatom ulicom. Bilo je sunčano i mirno. Trgovine su imale otvorena vrata i vjetar koji je pirkao pomicao je navučene zastore. No nigdje nije bilo ljudi, nigdje nije bilo žive duše. Nije bilo zvukova oko njega, čak se ni njegov korak nije čuo. U unutarnjem džepu sakoa nosio je svoj stari crni novčanik nabijen novcima. Težina novčanika vukla je tu stranu sakoa nadolje. Pridržavao ju je rukom kako se ne bi primijetilo da mu sako visi. Ali to nije bilo potrebno, nikoga nije sreo i nitko se nije pojavljivao na ulici.

Skrenuo je iza ugla. U tom trenu, odjednom, našao se u mraku, kao da je netko ugasio svjetlo. Okrenuo se i spazio da je ugao, iza kojeg je maločas skrenuo, bio sad vrlo daleko. I tad se na tom uglu pojavila silueta muškarca kao da ju je netko tamo nacrtao. Stajala je nepomična par trenutaka. I onda je krenula prema njemu. Andrija je čvršće stisnuo novčanik i krenuo brzim korakom naprijed. Muškarac ga je pratio u stopu. U hodu se osvrnuo unazad. Progutao je slinu, a ubrzano lupanje srca natjeralo ga je u trk.

U bijeg.

Utrčao je nasumce u neku još tamniju ulicu i bez daha se naslonio na zid. Koraci su se približavali i ti zvukovi tukli su ga u sljepoočicama kao udarci bubnja. Crna sjena je prošla mimo njega, dalje. Osluškivao je još par trenutaka. Kad su se koraci izgubili, povratio je dah. Koraknuo je nazad na ulicu. Ali prije no što se snašao, dvije crne ruke stisnule su ga za vrat poput kliješta. Od naglog užasa nestalo mu je snage da se odupre i on je osjetio kako mu se vrti u glavi, kako nemoćno gubi tlo pod nogama, kako pada ... i kako se budi sav u znoju.

Stresao se od nelagode i sjeo na krevet.

Pogledao je na sat. Bilo je osam.

Doteturao je do kupaonice i ispljuskao se hladnom

vodom.

Sinulo mu je da je danas subota. Obukao se i ušao u kuhinju.

Na stolu je našao ček, kraj njega svoj stari crni novčanik i ženinu poruku:

„Otišla sam u trgovinu. Nazvala sam banku, novac je pripremljen i možeš ga podići. Ček sam potpisala. Stavi ga u svoj stari novčanik, on je dovoljno velik. Pusti Vida nek' spava."

„Hm", zlovoljno je pomislilo Andrija, „ovo dakle treba biti isprika? ..."

Uzeo je ček i novčanik i stavio ih u unutarnji džep sakoa. Dok je u hodniku vezao cipele, razmišljao je o tome u kakvim novčanicama će tražiti novac. Izlazeći iz stana smiješak mu je titrao na licu.

Hodao je užurbanom gradskom ulicom, ljudi su uživali u sunčanom subotnjem jutru, sve je bilo u pokretu, u neradnom kaosu. Andrija je znao prečicu do banke i razmišljao treba li da skrene u obližnju usku uličicu koja bi mu skratila put. Zastao je i bacio pogled: uličica je bila u tami i, iako je mogao biti u banci za par minuta, odlučio je da ne ide tim putem. San je bio prejasan i preznakovit. Nastavio je kroz gužvu glavne ulice.

Na jednom raskršću Andrija je naletio na skupinu ljudi koji su stajali i nešto znatiželjno promatrali: bila je saobraćajna nesreća, jedan auto je pregazio pješaka i policija je regulirala promet. Napravio se „čep" u prometu, kola hitne pomoći su upravo stizala. Ljudi su gledali u krvavog pješaka na asfaltu i komentirali ga. Andriju nije interesirala takva scena, htio se probiti kroz masu i ići dalje, svojim putem. Ali mnoštvo mu to nije dozvoljavalo. Mladi policajac je došao do mase i izderao se da se svi raziđu, da se maknu s kolnika. Mnoštvo se počelo micati unazad i povuklo i Andriju sa sobom. Andrija je razmišljao kojim još putem može doći do banke. Sjetio se da postoji jedan duži put preko parka. Trebao je samo proći kroz stambeni pasaž a onda tramvajem dvije stanice. Da, drugo mu ne preostaje. Glupava gužva!

Došao je do pasaža i ušao u njega. No prije no što se mogao uopće snaći, prije no što je vidio gdje je uopće zašao, dvije crne ruke stisnule su ga za vrat poput kliješta. Od naglog užasa i u grču strave, nestalo mu je snage da se odupre i on je osjetio kako mu se vrti u glavi, kako nemoćno gubi tlo pod nogama, i kako pada.

Osjetio je kako mu netko gura ruku u džep i nešto traži. Čuo je šuškanje papira, osjetio je da je ruka izvadila ček. Netko je uzviknuo:

„Tu je! ..."

No što je dalje bilo, Andrija više nije doživio.

Njegovo tijelo spustilo se u trenu na pod i ostalo tako ležati kao stara odbačena lutka.

OBITELJ

Ne da Dinko dosada nije imao dobrih trenutaka u životu, ali, ukupno uzevši, prije bi se reklo da je svoj život više životario nego živio: od svoje treće godine živio je u domu za nezbrinutu djecu, od obitelji nije imao nikoga osim neke tetke koja je živjela na nepoznatoj adresi u Švedskoj, stolarsko šegrtovanje završio je sa sjenom na plućima, po završetku škole zaposlio se u radionici kod jednog namćorastog starog stolara i seljakao od sobička do sobička. Uz muku, probdjevene noći i žilavu volju uspio je završiti studij ekonomije.

Dinku je najteže padalo što nije imao nikakvu obitelj. Roditelji su mu poginuli u saobraćanoj nesreći i u vezi njih nije se ničeg sjećao. U nekoliko navrata pokušao je saznati nešto više, ali službena mjesta su mu ponovila samo ono što je sam znao: saobraćajna nesreća. Prijatelji, susjedi, poznanici? Ništa. Gdje su radili? Otac je dugo bio nezaposlen, u njegovim dokumentima je stajalo da je imao samo osnovnu školu, majka je bila domaćica. Policija se nije bavila takvim podacima u slučaju saobraćajne nesreće. Ništa iz njihovih osobnih života, nikakva informacija ili adresa nekoga tko bi znao više o njima. Svaki put bi dobio odgovor: „Ako se pojavi kakva informacija, mi ćemo vas nazvati.“

Sve što je imao u svom životu, bilo je da je uvijek čekao bolja vremena. Jesu li došla? Posao koji je dobio u Karlovcu činio mu se kao početak koji je obećavao – dobro plaćeni posao ekonomiste, zajedno s malim stanom „udobno namještenim“, kako su mu pisali. Da li mu se sreća zaista osmjehnula? Ili tko zna po koji put samo nakesila? Nije nikad bio u Karlovcu, ali kad je prolazio njegovim ulicama, nije ga napuštao osjećaj da je tu već bio, nekad davno, kao da je taj grad bio pospremljen u nekom zaboravljenom kutu njegove svijesti.

Stan je bio škrto namješten: imao je skromnu kuhinjicu, malu kupaonicu i u maloj dnevnoj sobi samo uski neudoban krevet. No Dinko nije htio biti malodušan, stan je stan, a ne smrdljiva mračna sobica, to je korak naprijed, razmišljao je.

U zgradi je bilo deset sličnih stanova, stanari su bili ili samci koji su isto kao i on cijeli dan radili ili pak stari ljudi. Prošlo je nekoliko mjeseci dok nije susreo Anitu. Anita je bila usidjelica sivog lica i, kako je kasnije saznao, teški srčani bolesnik. Sreli su se jedne večeri na stubištu i na njegovo učtivo „Dobra večer“, zastala je, zagledala mu se u lice i uzviknula:

- ... Igor? Jesi to ti? ... Igorček! ... Pa to si ti, o bože, pa to si ti, Igorček ... Nakon svih ovih godina...

- ... Oprostite, ja nisam Igor ...

- Kako nisi Igor?! Ti si Igor, samo što se ti mene ne

sjećaš ... A i kako bi?, tu su godine. Ja sam Anita, teta Ana koja te je čuvala dok si bio mali. Godinu dana, od tvoje druge godine.

- Ja se zovem Dinko.

Žena kao da nije čula što joj je rekao:

- No, da, teta Ana. Imao si tri godine kad smo se zadnji put vidjeli.

- Ja vas uvjeravam gospođo da nisam Igor.

- Tebe bi prepoznala među tisućama, još uvijek drago lišce, i iste oči. Kao tvoj otac.

- Moj otac nije živ.

- Znam da nije živ, poginuo je u prometnoj nesreći zajedno s tvojom majkom, pokoj im duši.

Dinko je progutao slinu:

- Otkud znate?

- Pa kako ne bih znala, ja sam rod tvojoj majci. Daljnji, po ženidbama, ali jedini koji je imala.

- ... Rod mojoj majci? ... - ponovio je Dinko nesigurno. – Vi ... vi ste poznavali moju majku? ...

Žena nije odgovorila na pitanje, nego je pogledala niz stepenice i nasmiješila se:

- ... Dubravka, je li možeš?...

Polagano i uzdišući uspinjala se mlada trudna žena. Kad je stigla do njih, par trenutaka je ispuhavala svoje crveno lice:

- Dobro veče, Ana ... E, ove stepenice me svaki put

oznoje.

Stara žena joj je odvratila:

- Ja sam se već pitala gdje si, Dubravka. S jedne strane drago mi je da dolaziš, ali s druge strane - da nemaju nikoga drugoga da šalju okolo osim trudnice u tako visokoj trudnoći, to zbilja nije u redu…

Mlada žena se nasmiješila:

- Sve je u redu, Ana. To je dobro za kondiciju. A ja se zadržala malo duže kod starog Fumića. Morala sam mu vaditi krv, a njegove su žile tanke kao konac i nije mi odmah dao da mu vadim krv ... Evo, samo da dođem do daha.

- Pa onda, doviđenja ... - rekao je Dinko.

- Morate to glasnije reći - objasnila je mlada žena. - Ana je nagluha.

Dinko je otišao u stan i razmišljao. Prvo je pomislio da ga je žena povezala s nekim koji mu je izgledom bio sličan. Ali kako je moguće da postoje dvije osobe s tako sličnim sudbinama? Da im majke nemaju rodbinu i da je ona s mužem poginula u saobraćajnoj nesreći?

Sat vremena kasnije stajao je na njezinim vratima:

- Pitao bih vas nešto, ako nemate ništa protiv ...

Stara žena se ozarila:

- Samo pitaj Igor. Ja znam da sam za tebe stara i dosadna baba, ali slobodno me pitaj, sve ću ti rado reći.

- Rekli ste da ste poznavali moje roditelje. Znate li

gdje je moj otac radio?

- Radio je u Zagrebu, u „Gredelju“, na lokomotivama, u pogonu za popravak. Dugo vremena, ali onda je dobio otkaz. Majka ti je bila domaćica, i kad je dolazila u Karlovac, dovodila te je meni.

- ... Dovodila me je vama? ... Zašto je dolazila k vama?

- Pa kažem, mi smo bile rod ... Ah, Igore, isti si kao tvoj otac: dobra duša, crne oči kao tvoje, blag, fin. Od majke malo imaš, na nju je više ličila tvoja sestra.

- ... Sestra? Kakva sestra? ...

- Tvoja mlađa sestra. Imala je deset mjeseci kad su vam roditelji poginuli.

- ... Ali ja sam bio jedinac ...

- Ma nisi jedinac, zlato, imao si sestru. Ni godinu dana. Bila je premala za dom pa su je dali na usvajanje.

- ... Na usvajanje?

- Pa bolje da je bilo tako. Roda osim mene niste imali, a ja ni nisam pravi rod.

- Ali kako ... ? – upitao je sad Dinko ni sam ne znajući što želi pitati.

- E da, tako je to, moj Igore, tvrd je ovaj život, dolina suza i kazna što nam raj nije bio dobar. Samo što i djeca bez pravde nose tu kaznu.

- Zašto me stalno zovete Igor?

Stara žena zastala je kao da se nećka da odgovori.

- ... Igore, sad moram počinuti, nemoj se ljutiti. Srce je moje staro da dugo stojim ... Ali dođi sutra navečer k meni. Popit ćemo čaj na balkonu.

Dinko je bio smeten.

„Bože, zar je to istina? Zar zaista imam sreću saznati nešto o mojim roditeljima? Nakon toliko godina? ... Ali sestra! Još i sestra?“ To mu je zvučalo nevjerojatno. „Pa sigurno bih se sjećao da sam imao sestru, to se ne može jednostavno zaboraviti, ni tako malo dijete ne može zaboraviti da je u kući bila beba ... Ali opet, zašto bi ta žena sve izmišljala ... Možda pretjerujem“, pomislio je Dinko, „postao sam prema svakom sumnjičav. Pa moguće je da je poznavala moje roditelje, i da je neki rod, tá ne može biti slučajnost da toliko zna o meni!“

Vraćajući se sutradan s posla Dinko je kupio stručak cvijeća i pozvonio na njezina vrata.

- Igorček, došao si! ... Uđi, uđi, čaj je baš gotov. – ozareno je rekla žena.

Cvijeće ju je raznježilo i ona mu je tako srdačno zahvaljivala da mu je u jednom trenutku postalo neugodno. Izgledalo je kao da ta žena u svom cijelom životu nije dobila cvijeće.

Sjeli su u rasklimane pletene fotelje na balkonu i ona je odmah upitala:

- Igorček, pričaj mi kako si do sada živio. Ništa ne znam o tebi.

- Nema se baš što puno pričati. Živio sam u sirotištu do punoljetnosti, završio za stolara i počeo raditi. Uz posao sam završio ekonomiju.

- Pa kako ti je bilo u domu?

Dinko se umorno nasmijao, a Ana je odmah zabrzala:

- Ah da, kako ti je moglo biti u sirotištu? Sigurno ne lijepo ... A kako to da si doselio ovdje?

- Dobio sam posao u jednoj građevinskoj firmi tu u Karlovcu.

- A tako ... To je dobro, dobro je da se ima posla.

- Znate, ja se vas uopće ne sjećam. Ne sjećam se da me je mama vodila kod vas, ne sjećam se da smo nekud putovali.

- Nije to bilo često, jedanput u dva tjedna. Ona je imala tu nešto za obaviti pa me je molila da te pričuvam ... A volio si ti biti kod mene, nikad nisi zaplakao kad bi ona odlazila. Volio si skrivati svog medu i onda okrenuti svaki kut u stanu: „Igoj trazi medu ...“ Ali nisam se ljutila što bi poslije cijeli stan bio u neredu, bio si poslušan kad je trebalo.

- A kakva je bila moja mama?

- Ljepotica. Bila je prava ljepotica. Visoka, vitka, plava, uvijek dotjerana, muškarci su se okretali za njom ... Ah, bože, kad su poginuli, bilo je to strašno, jedva su je izvukli iz auta, ništa od nje nije ostalo, bila je potpuno zgnječena. Jedna susjeda, dvije kuće dalje, vidjela je sudar. Kaže da su ih dugo vadili iz olupine, otac je bio bez glave, a ona priklještena posred tijela.

- Zar je sudar bio ovdje, u Karlovcu? ... Meni je rečeno da je bio u Zagrebu.

- Ne, bio je ovdje. Bila je večer pred praznik, gužva na cesti, ljudi su putovali van grada. Jedan je ušao u škare i zabio se u njih. Ni to drugo dvoje, u tom autu, nije ostalo živo.

- Kako to da su moji roditelji bili ovdje?

Stara žena ga je pogledala.

- Sreli su se. Tvoj otac i tvoja majka, - rekla je tiho.

- Gdje su se sreli?

- Ovdje, u gradu.

- Kako to?

- Ona je došla vlakom iz Zagreba s tobom, ostavila te kod mene i otišla u grad. Sreli su se kad se vraćala po tebe.

- A što je radila u gradu? ...

- ... Ne znam Igorček trebam li to reći. Tužna je to priča. Najbolje je zaboraviti je. Zar je važno što je ona radila u gradu? Nema je više, nema ni tvog oca i neka im je duša pokojna.

Dinko je osjetio kako mu žmarci uznemirenosti i jeze kližu kičmom.

- Ana, recite mi što su oni radili u gradu. Ja to želim znati.

- Pusti Igorček ... Bili su dobri ljudi, to je najvažnije.

Zašto gurati dobre uspomene?

- Ja želim znati što se dogodilo. Želim znati što se dogodilo s mojim roditeljima.

Ana je otpila gutljaj čaja kao da guta vlastitu slinu.

Onda je zaslinila tužnim glasom:

- ... Ma za sve je on kriv ... proklet je bio i Bog ga je kaznio za to ... Govorila sam mu, molila, vikala ga, vrijeđala, ali nije slušao, bio je obijestan, pun prezira, nesretan, ah, Bog će oprostiti njegovoj duši ... - dvije suze pojavile su se u Aninim očima.

- Tko?

- ... Moj brat, moja muka, Ivan moj ...

- Što je bilo s njim?

- Ovako je to bilo, Igore - ispričat ću ti sve ispočetka, da ne sudiš brzo ...

Ana je prvo uzdahnula, a onda počela priču:

- Došla sam u Karlovac kad sam imala sedamnaest godina. Moji su iz jednog sela tu blizu, vlakom pola sata odavde. Poslali su me u grad da tu nađem posla jer nisam imala prosaca, a imanje je bilo malo uz tri sina. Prvo sam služila po kućama, poslije sam radila u kantini u jednoj tvornici. Kad sam nakon par godina postala kuharica, našla sam ovaj stančić.

Onda je Ivan, brat, došao u grad, on je dvije godine mlađi od mene. Posvađao se sa starima, nije htio ostat na selu, bilo mu je malo zemlje što bi dobio za ženidbu. Ja se nisam htjela svađati s njim, a ni sa starima, bilo mi ih je žao, iako nisu bili pravedni ni prema meni. Našla sam mu posao, šegrtovao je u jednoj radionici što popravlja poljske strojeve.

Dobar je bio tada Ivan, radio je puno, i večernju školu je upisao. Ali nije grad što i selo! Nakon nekog vremena, baš kad mu je dobro krenulo, počeo je piti i družiti se s besposličarima, govorio mi je da mu je dosta posla koji se ne plaća, svi nešto imaju samo on nema, on leži na mojoj grbači. Pustio je školu, počeo se svađati s gazdom, subotom i nedjeljom nije dolazio kući, vraćao se pripit, ali s punim novčanikom. Govorila sam mu da nije dobro to što radi, molila ga da se okani lošeg društva, vikala na njega da ću reći starima i da će ih to u grob otjerati, ali nije htio slušati. Napustio je posao, ali novčanik mu je uvijek bio pun, lijepo se oblačio i nosio, našao si je i veliki stan. Molila sam ga da ne radi zao posao jer da će to na zlo izaći. Ali nije me slušao ...

Jedno popodne došao je s tvojom majkom i s tobom, bio je veseo, smijao se. Rekao je da su se našli preko nekog našeg rođaka i da smo rod preko nekih ženidbi. Ti si imao dvije godine, bio si malen kao ptić, tvoja majka je izgledala kao anđeo. Rekla je da joj je drago da je našla neku rodbinu, nitko od njezinih nije bio živ. Pitala je da li bi te htjela pričuvati dok ona prošeta s Ivanom. „Ah, kako te ne bi htjela pričuvati?“, rekla sam ...

Ana je obrisala suzu u oku.

- Dva puta tjedno dolazila je tvoja majka s tobom i ostavljala te da te čuvam. Vraćala se navečer. Nisam je nikad pitala kuda odlazi, ali znala sam da su bili zajedno. Ivan se promijenio, smirio se. Našao je posao u jednoj trgovini, dolazio bi nedjeljom k meni. Nije mi bilo pravo što je s tvojom majkom i jednom sam mu to rekla, kako može uništavati nečiji brak. On se nasmijao i rekao je da je voli i da ništa ne može protiv toga. Što sam mogla? Oboje su bili odrasli. Godinu dana su se tako sastajali, a ja sam te za to vrijeme čuvala. Nakon godine dana ona je ostala trudna i rodila djevojčicu. Nikad je nisam pitala čije je to dijete, ali ona ni nije dolazila s njom u Karlovac. Ja sam samo tebe čuvala. I taj dan sam te čuvala. Ona je otišla s Ivanom i više se nije vratila ...

Ana je zašutjela.

- Što se dogodilo? – upitao je Dinko bez daha.

- ... Nije je bilo dugo, već je pala noć. Nazvala sam Ivana, ali on je rekao da je davno otišla, ali da će vidjeti gdje je. Nazvao me je ponovo u noći, ti si već spavao, rekao je plačući da je bila prometna nesreća, da je bila u autu s mužem, da su obadvoje poginuli ...

Ana je nastavila kroz suze:

- ... Ti si ostao kod mene nekoliko dana, tražila sam dopust u firmi. Onda je došla socijalna radnica i odvela te ... Poslije mi je Ivan rekao da je ona muža slučajno srela na cesti, bio je na nekom remontu u našem gradu ...

Dinko je bio nijem.

Iako je razumio što mu je Ana ispričala, nije mogao to povezati jedno s drugim. Nije mogao zamisliti svoju majku s nekim drugim muškarcem, svog oca i susret s njom, sebe malog u ovom stančiću ... Bilo mu je nestvarna misao da su ti ljudi vodili život kakav mu je Ana ispričala, nije mogao vjerovati u to da mu nije ostala slutnja, zakopana sumnja, skriveni osjećaj koji bi sada izronio na površinu, koji bi otkrio da je ipak i možda zaista bilo tako kako je upravo čuo.

- Što je bilo s mojom sestrom? ...

Stara žena je šmrcala:

- ... Ne znam ...

- Tko ju je usvojio?

- ... Ne znam ...

- Gdje je sad Ivan?

- U Australiji. Bio je u zatvoru sedam godina, radi pronevjere u trgovini. Poslije je otišao na brod i javio mi se iz Australije. Napisao mi je da se snalazi, da je dobro ...

Bio je to posljednji napor koji je Dinko uložio u razgovor. S njezinim zadnjim riječima osjetio je kako se začarani krug koji je stvoren oko njega zatvorio i nije dopustio da išta dalje misli. Glava mu je bila prazna, činilo mu se kako je oko njega sve konačno riješeno i kako više nema razloga dalje razmišljati. Tupo je sjedio i gledao u šalicu čaja.

Ana je rekla:

- ... A sada moram prileći, Igorček, nije mi dobro ...

Dinko je automatski ustao:

- Ako kako mogu pomoći ...

- Samo onaj lijek u kuhinji ... na stolu, ako mi možeš donijeti ... u plavoj kutijici.

Dinko je otišao u kuhinju, uzeo kutijicu, natočio vode u čašu i vratio se u sobu. Pružio joj je kutijicu i čašu bez riječi.

Još dok je ispijala vodu, on je bio na ulaznim vratima i izlazio iz stana.

Te noći Dinko nije spavao.

Ležao je u krevetu i buljio u strop.

Pred očima su mu dolazile slike neke žene koja mu se smiješka, pa onda odlazi s nekim crnokosim muškarcem ruku pod ruku, slike oca kako zaprljan uljem po licu odlazi u veliku halu, slike nekih starih ljudi kako kopaju njivu, koja se svako malo produžuje kako oni okopaju jedan red, slike neke bebe umotane u pokrivač koja ga mirno promatra ...

Ustao je.

Sjetio se da je imao bocu konjaka u kuhinji.

Nasuo si je punu čašu, sjeo na krevet i otpio veliki gutljaj. Nutrina mu je zatitrala od žestokog okusa, osjetio je kako mu se grlo skuplja.

Pojavile su mu se suze u očima. Pomislio je kako je to možda od zadaha pića u čaši koju je držao ispod nosa. No onda je provalilo iz njega. Savio je tijelo na noge, bacio čašu i zaridao. Čupalo ga je u nutrini, trgalo, treslo kao u groznici. Ispuštao je prigušene piskove boli, oči su mu čuvale suze koje nisu htjele iskapati. Prevalio se na krevet onako savijen i osjetio kako ga grč napušta, kako meka bol natapa cijelo njegovo tijelo.

Zaplakao je kao dijete.

Pred jutro su ga probudili glasovi sa stubišta. Naglo se uspravio u krevetu tresući se od hladnoće. Osluhnuo je. Kod Ane su bili neki ljudi, netko je naređivao da se nešto okrene više lijevo. Došao je do ulaznih vrata i otvorio ih da vidi što se događa.

Dva bolničara su pokušavala izgurati nosila na kojima je ležala Ana, zatvorenih očiju, lica bijela kao vapno. Vrata su bila uska i rukohvat na stubištu preblizu. Čuo je neki ženski glas iz stana:

- Ovdje su njezini lijekovi. Ponesite da liječnik zna što uzima ...

Nosila su ipak nekako izvukli na stubište i za njima je izašla Dubravka, medicinska sestra.

- Što se dogodilo? – upitao je.

- Infarkt. Već treći. Sirotica, imala je još snage da me nazove.

- Rekla mi jučer da nije dobro, ali nisam znao da će joj pozliti … - rekao je Dinko opravdavajući se.

- A vi poznajete Anu? – upitala je Dubravka.

- Da ... Zapravo ne, ona mene poznaje. Poznavala je moje roditelje.

- A, tako. Ja je već dugo poznajem, preko dvadeset godina. Trebala je bolničku njegu, ali tko danas prima u bolnicu samo radi srca? Dobila je obilazak sestre tri puta tjedno. Ali ja uvijek ostanem duže, odvedem je ponekad u crkvu i pravim joj društvo.

- Nisam znao da joj je tako loše. Jučer smo pili čaj i pričali o mojim roditeljima. Znate, ona me je čuvala kad sam bio mali, i poslije toga mi je samo rekla da joj nije dobro.

Žena ga je pogledala:

- ... Čuvala vas je dok ste bili mali?

- Da, ona je daljnji rod moje majke.

- ... I pričala vam je o svom bratu Ivanu?

- Da.

- ... I o tome kako je vaša majka imala vezu s njim? Kako se sastajala s njim, a vas ostavljala kod nje na čuvanju?... Je l´ vas zvala Igor?

Dinko je sada iznenađeno pogledao ženu:

- Da.

- I kako sigurno imate sestru za koju se ne zna tko joj je otac? Da je dana na usvajanje?

Dinko se osjećao kako mu koža postaje hladna:

- Otkud znate? ...

- Niste vi prvi kome je to napričala. Već dvojici je to napravila koji su prije vas ovdje stanovali. Opsjednuta je Igorom. To je bio njezin vanbračni sin, pogazio ga je auto kad je imao tri godine. Sirotica, skrenula je zbog toga.

- .... Skrenula? – ponovio je Dinko kao jeka.

- Imala je samo njega.

- ... A Ivan? Imala je brata Ivana? – upitao je Dinko bez daha.

- U Australiji, mislite? To vam je ispričala, zar ne?

- Da.

- Ne, nitko joj nije u Australiji, sva braća su joj na selu. Ivan je bio otac njezina djeteta, nekakav propalica, napravio joj je dijete i nestao netragom.

- Ali, čekajte, ona je znala puno o meni, o mojim roditeljima. Pa nije sve mogla pogoditi!

- A, čujte, možda je čitala o njima u novinama, možda joj je netko o njima ispričao. Tko zna. Samo ono što vam je o njima ispričala, nije istina. Izmislila je priču jer jedino je tako preživljavala da ne poludi od tuge.

- Sve je izmišljeno? – rekao je Dinko zaprepašteno.

- Da, sve je izmišljeno. Ali nemojte joj to uzimati za zlo. Nesretna je ona duša, slaba. I nikad nije ništa nažao učinila.

- Ništa nažao? – rekao je Dinko zabezeknutog pogleda.

- Najbolje da zaboravite sve što je rekla ... A sad me oprostite, moram ići, imam smjenu u bolnici ...

Kad je žena otišla, Dinko je polako krenuo u svoj stan. Nije osjećao korak, nije bio svjestan da je ušao u sobu i i nije znao da se, kao vreća, sručio na stolicu.

Nije ni o čemu mislio, nije vidio ništa oko sebe. Tupo je buljio ispred sebe. I zato u tom trenutku i nije mogao biti svjestan da je sada jedan sud u njemu bio izvjestan: da mu se sreća i ovaj put opako nakesila.

Sljedeće večeri na Dinkova vrata pokucala je Dubravka.

- Dobra večer...

Dinko nije očekivao da će više ikada vidjeti tu ženu.

- Dobro veče… - odgovorio je tiho.

- Ja se ispričavam što vam ovako bez najave dolazim, ali htjela sam samo vidjeti jeste li dobro. – rekla je mlada žena brižno.

Dinko sada nije znao što da kaže.

- Hvala, ide… Ljubazno od vas da pitate.

- Bili ste jučer prilično uznemireni, pa sam mislila… - žena nije dovršila misao nego se nasmiješila.

I Dinko je uzvratio smiješak:

- Bolje sam nego jučer… Kako je Ana?

- Ana je… no, što da kažem. Prilično loše.

- Žao mi je.

- Njezino srce je dosta slabo… Mogu ući na kratko? Samo da se kratko odmorim pa idem dalje.

- Ah, kako nepristojno od mene. Molim vas, uđite.

- Htjela sam vas nazvati, ali nemam broj vašeg mobitela. Ali pošto sam danas u kvartu, pa sam mislila da vas osobno pogledam… Ali ne kao pacijenta, naravno.

Dinko se nasmiješio:

- Hvala što me ne tretirate kao pacijenta.

- Ah, baš sam se glupo izrazila…

- Tko zna, možda i jesam pacijent. Neki budući.

Dubravka je htjela odgovoriti uz smiješak, ali je zastala. Njezino lice je promijenilo boju, rukom se uhvatila za trbuh i zadržala dah.

- Oh…

- Je li sve u redu? – upitao je Dinko.

Dubravka nije odgovarala, sada je bila potpuno blijeda, a onda je jauknula.

- Mislim da je vrijeme…

- Kakvo vrijeme?

- Moj momčić želi van. – nasmiješila se žena. – Trudovi su počeli.

- Onda trebate odmah u bolnicu.

- Sad će nazvati hitnu da dođe po mene…– rekla je žena i posegnula za mobitelom. - Ili imate možda vi auto?

- Ne, nemam auto.

- Ne smeta, hitna će sigurno odmah doći. – rekla je uvjereno.

Dok je birala broj, grč boli joj je preletio preko lica. Dinko ju je sažalno pogledao, a onda upitao:

- Hoćete leći dok čekate?

- Ne, bolje je da se krećem.

- Želite da nazovem vašeg muža?

- Ne, nemam muža.

- Oh…

Dubravka se umorno nasmiješila:

- Duga priča.

- Da nekog drugog nazovem?

Dubravka je već htjela odgovoriti, ali je pogledala svoje noge – bile su mokre.

- … Plodna voda… Beba je izgleda jako nestrpljiva.

Sada je Dinko bio uznemiren:

- Pa šta da radimo?

Na ženinom licu se vidjelo da se pokušavala koncentrirati usprkos trudovima. Istovremeno je duboko disala:

- Beba je počela izlaziti… Molim vas, možete mi pomoći oko porođaja?

Dinko je bio šokiran:

- Pomoći oko porođaja?

- Da… Već je počeo.

Dvije godine nakon ovog razgovora Dinko i Dubravka sjedili su na balkonu Dinkovog stana. Dubravka je držala u krilu dječaka koji je uživao u grizu na mlijeku.

Dinko je otpio svoju kavu i pogledao Dubravku:

- Mislim da je sada vrijeme da mi odgovoriš na moje pitanje, Dubravka. Ja mislim da sam dovoljno dugo čekao.

- Na pitanje?

Dinko se nasmijao:

- Da, na moje pitanje.

- To je došlo tako brzo.

Dinko ju je iznenađeno pogledao, a onda se srdačno nasmijao:

- Brzo? Već godinu i po dana živimo zajedno i pitao sam te prije tjedan dana kad ćeš se udati za mene. Rekla si da ćeš mi odgovoriti danas. Zašto ti je trebalo tjedan dana da smisliš odgovor, to je velika misterija za mene. Ali ja sam tolerantan čovjek. – završio je Dinko uz smiješak.

Dubravka ga je pogledala.

Dinko je dodao objašnjenje:

- Mislim, kad-tad ćemo trebati i Igoru objasniti naš odnos. On će jednom saznati da mu ja nisam rođeni otac. Mislim, i da nismo vjenčani trebali bismo mu to objasniti, ali… Mislim, ja nisam samo neka tvoja veza u životu, onako, dvoje se nađu pa budu zajedno neko vrijeme, zar ne? – zbunjeno se nasmiješio.

- Vjenčali se ili ne, ti si za njega otac. – rekla je Dubravka mirno.

Dječak u krilu je prekinuo razgovor:

- Mama, idemo na igralište?

- Poslije, Igore. Sad imam posla.

- Tata, hoćemo ići van?

- Hoćemo. Samo da popijem kavu do kraja.

Dubravka je rekla Dinku:

- Ja razumijem da ti želiš obitelj.

Dinko je kimnuo. Onda ju je pogledao:

- I?

Dubravka se nasmijala:

- Ako ti toliko znači, onda ću se udati za tebe.

Dinko se nasmijao:

- Lijepo od tebe. Tvoj odgovor nije baš romantičan, ali ja ću preći preko toga.

- Preći ćeš preko toga? Ah, to je vrlo plemenito od tebe. – uzvratila je Dubravka uz smiješak.

- Mogu onda rezervirati termin kod matičara? Prvi mogući termin je za mjesec i po dana.

- Ne trebaš rezervirati. Ja sam ga već rezervirala.

Dinko ju je začuđeno pogledao:

- Rezervirala si termin? Ozbiljno?...

Dubravka ga je pogledala pogledom ljubavi:

- Obitelj je naše prirodno stanje. Mi uvijek živimo u nekoj obitelji – u jednoj se rađamo, u neku drugu ulazimo tijekom života. Ti si vrlo kratko živio u svojoj rođenoj obitelji, a dugo si tražio novu. Obitelj je za tebe veliko iskušenje.

Dinko se nasmijao od srca.

Sada je osjetio, prvi put u životu, kako se njegovo tijelo natapa nekim novim osjećajem koji ga je grijao i koji mu je mamio osmijeh na licu a da on toga nije bio svjestan.

Sreća je sada izgubila za njega onaj bijesan pogled – sada je imala blagi izraz lica i mirno ga je i s odobravanjem gledala. Njegov život je sada konačno krenuo drugim putem.

UGOVOR

Sebastijan je ispraćao do ulaznih vrata svog stana Vjeru, svoju djevojku, i Gorana, svog nekadašnjeg školskog kolegu.

- Vjera, to sam ti zaboravio reći. Za ovaj vikend smo pozvani na izlet. Obrisovi slave godišnjicu braka i pozvali su nas u Brezje, na slavlje.

- Brezje? Gdje je to?

- Tridesetak kilometara od Zagreba, kod Svete Nedelje. Tamo imaju vikendicu i spremaju roštiljadu. Planiraju da se tamo i prespava.

- U subotu?... Hm, mislim da neću moći. Trebala bih do moje krojačice, već joj dva tjedna obećavam da ću doći i platit joj onu haljinu s Katarinine svadbe. Žena kaže da je u dugovima.

Sebastijan ju je oštro pogledao:

- Razmisli još. Čut' ćemo se telefonom.

S Goranom se usiljeno rukovao, a Vjera ga je samo ovlaš poljubila.

Zatvorio je vrata, vratio se do malog stola u dnevnoj sobi i posegnuo za cigaretama. Tada je primijetio da je na stoliću, uz čaše i bocu konjaka, ležao i Goranov notes. Goran je bio upisivao Sebastijanov broj u notes i očito ga je poslije tri čašice konjaka zaboravio. Zašto netko upisuje telefonske brojeve u notes, a ne direktno u mobitel, to je Sebastijanu bilo neobično, ali nije to otvoreno komentirao. Sad je uzeo notes i prolistao ga je.

Sebastijan je s Goranom bio prijatelj još od školskih dana. Zapravo ne prijatelj, ali ni poznanik. Prijateljstvo iz djetinjstva ne može biti poznanstvo. Ali više nije ni prijateljstvo. Goran je poslije gimnazije otišao na studij, a on, Sebastijan, zaposlio se na pošti. Sreli su se slučajno u nekom kafiću nakon desetak godina – Goran, završeni inženjer elektrotehnike i vješt pričanju i on, naglo ostarjeli i proćelavi Sebastijan.

Sebastijan je pogledao gdje je Goran zapisao njegov broj. No, njegovog prezimena nije bilo. Pogledao je pod „S“. I zaista - pod „Sebastijan“ stajao je njegov broj. Cinično se nacerio:

„Jako inteligentno! ... Ako ima više Sebastijana, kako onda zna koji je koji...“

Prolistao je notes do kraja.

Pod „V“ je bilo zapisano „Vjera“.

Bio je to Vjerin broj.

„Otkuda on ima Vjerin broj?!... Ona je njega vidjela tek drugi put. Prvi put onda u kafiću, prije dva tjedna, onda kad sam ga i ja sreo. I tad su se samo upoznali, nisu uopće razgovarali. I sad drugi put...“

Na vratima je zazvonilo. Bio je to Goran.

- Ovaj tvoj konjak je bio odličan, - rekao je Goran

veselo. - Ali nisam se vratio po njega, nego po svoj notes.

- Čuj, ova veselica u subotu bit će neobavezna i otvorenih vrata, tako su rekli Obrisovi. Potpuno sam smetnuo s uma da i tebe pozovem. Ako imaš vremena...

- Hvala ti najljepša za poziv, ali ne mogu ove subote, imam neke poslove.

- Pa što radiš u subotu popodne kad svatko normalan uživa poslije napornog tjedna?

- Pa, zapravo... moja majka očajnički traži krojačicu i kad je Vjera spomenula da ima... baš sam se sjetio da bih mogao, mislim, pitao sam Vjeru i ona se složila, baš sad kad smo odlazili od tebe, pa ću im praviti društvo, njih dvije se ne poznaju, i tako... nemaš ništa protiv?

- Protiv krojačice? - nasmijao se Sebastijan samo krajičkom usana. - Samo naprijed! - obodrio ga je cinično.

Kad je zatvorio vrata, Sebastijan je ponovno sjeo za stolić i natočio si konjak.

„Vidi ti Gorana! Blagoglagoljivi Goran je ostao zatečen... Štakor! Treba ići kod krojačice s mojom ženskom ... I ne samo to – da se nije vratio ne bih ni znao da imaju dogovor. Bi li mi to Vjera rekla?... Kako li je ona samo odjednom odustala od Obrisovih! Odjednom joj je krojačica važnija od prijatelja! Kakav je to pak glupi izgovor da ona ne može platiti krojačici nego samo u subotu popodne? S njom se zadnji put tako žestoko posvađala i dosađivala mi zbog toga što je ova skupa, i da ne radi više dobro i da više nikad neće ići k njoj, i da je to zadnja haljina koju joj je tako masno platila... Čekaj, čekaj, ta haljina...! Pa ona je platila tu haljinu, točno se sjećam da je to rekla...

Tako, dakle! Moja buduća ženica mi laže. Ima sastanke s drugima, a meni prodaje maglu. Tu se cereka meni pred nosom i koketira s ovim ušljivcem, pa nikad do sada se nije sa mnom tako smijala kao s ovim guzičarom, sve joj je baš nešto bilo smiješno što je ovaj rekao, i baš su u isti čas morali otići i dogovoriti se kao, eto, slučajno da ja ne znam...

No nisam ja budala.

Još ne, curo moja...“

Sebastijan je posegnuo za mobitelom i nazvao Vjeru.

Nije bilo odgovora.

Sasuo je konjak u sebe i natočio još jedan. Bijes je polako rastao u njemu.

„... Je li to ona mene misli vući za nos!?... Mene?... Misli li ona da sam ja tako blesav?... Tako glup?...“

Polako je otpijao gutljaj po gutljaj i grijao svoju povrijeđenost.

Ponovo je stisnuo Vjerin broj.

Nije se javljala.

Pritisnuo je isti broj još jedanput, ali nije bilo odgovora.

Popio je konjak do kraja, natočio još jedan pa i njega ulio u sebe. Nazvao je još jedanput.

Dok je držao slušalicu uz uho i buljio preda se, začuo je glas:

- Nećeš je dobiti.

Sebastijan je podignuo oči.

Na krevetu nasuprot njega sjedio je mladić od nekih dvadesetak godina, crnokos, mirnog lica, obučen u traper jaknu i u traperice. Pogled uperen u Sebastijana bio je znatiželjan, gotovo prijateljski, ali ono što je bilo neobično na licu mladića bila je brada – brada mu je bila izbrijana tako visoko da su mu se korijeni dlaka nadzirali skoro do očiju. Djelovao je nekako iscrpljeno, staro, nerazmjerno star u odnosu na svoj izgled, odjeću.

- Koji si pa sad ti?!

- Pa eto, svratio sam malo do tebe. Vrata su bila samo pritvorena pa nisi čuo kad sam ušao. Sav si bio u poslu, i to uzaludnom, ako smijem biti slobodan.

- A otkuda se mi to znamo?

- Mi se zapravo ne znamo, ja sam Vjerin prijatelj.

- A je l'? Vjera ima još nekih tajnih prijatelja za koje ja ne znam?

- Ja sam naime Vjerin prijatelj, ali ona ne zna za mene.

- Ne zna?

- Ne, ja sam njezin... tajni obožavatelj.

- I zašto si došao k meni?

- Pa vidiš, svratio sam do tebe jer sam mislio da bih ti mogao pomoći s odgovorima na neka pitanja.

- Na kakva pitanja?

- Pa recimo na pitanje gdje je sada Vjera. To te sada vraški interesira, zar ne?

- Pa gdje je sada Vjera?

- Ona je s tvojim prijateljem Goranom. U njegovom stanu.

- Otkud to znaš?

- Ne vjeruješ?... Evo, nazovi ih, pa provjeri. Dobio si kućni broj od Sebastijana. Javit će ti se Vjera i kad začuje tvoj glas, spustit će slušalicu... No, nazovi slobodno. Meni je draže da nazoveš, s obzirom da se ne poznajemo dobro i da trebamo učvrstiti naše povjerenje. Ionako je stalno zoveš, zar ne?

Sebastijan je uzeo mobitel, natočio je još jedan konjak i stisnuo Goranov kućni broj telefona.

Začuo je Vjerin uplašeni „Halo...“.

- Vjera?

Linija se prekinula, Sebastijan je ostao zuriti u prazno.

- To nije bila Vjera.

- Nije? - nasmijao se mladić. – No dobro. Uzmimo da ti misliš da te ja želim nasamariti. Pretpostavimo. Bez obzira što se ti igraš s lažima, ja ću ti govoriti istinu. Nazovi još jedanput. Javit će ti se Goran i reći će da upravo pije kavu sa svojom majkom i priča joj o tebi.

Sebastijan je stisnuo još jedanput isti broj. Javio se Goran.

- Ovaj… ovdje Sebastijan… Je li Vjera kod tebe?... Otišla je kući? Zvao sam je pa se nitko ne javlja... Je l‘? … Aha, kavu … Pa pozdravi mamu, ako me se uopće sjeća, bilo je to prije puno vremena… Aha... Dobro, ako se javi, reci joj neka me nazove. Trebam je nešto...

Kad je Sebastijan spustio slušalicu, bio je svjestan da je problijedio. Ispio je konjak, natočio još jedan i zapiljio se u stranca.

- Tko si ti? - oštro ga je upitao.

- Pa ja sam... onaj koji poznaje puno ljudi. I koji štošta zna o svakome. – odgovorio je mladić spremno.

- Što si ti, policajčina nekakva?

Mladić se dobrodušno nasmijao:

- No, ´ajde, ´ajde, znaš ti i bolje! Pa skoro smo postali prijatelji, nećeš me sada iznevjeriti s glupostima.

- Što hoćeš od mene?

- Pa rekao sam ti. Želim tvoje prijateljstvo. Zauzvrat ti nudim neke odgovore koji te zanimaju.

- Otkud ti znaš što mene zanima?

- Zanima te, na primjer, hoće li Vjera u subotu otići krojačici platiti haljinu ili će ostati u gradu samo da bi se našla s Goranom. Zanima te da li će ti reći za sastanak s Goranom ili će ti to prešutjeti. Da li te namjerava prevariti ili ne. To te interesira, je l'?

- Pa... recimo da je tako... Ti znaš što Vjera namjerava i to mi želiš reći?

- E, ne tako brzo, - nacerio se mladić. - Moram ti prvo objasniti neke stvari. Znaš, ja sam spreman podijeliti svoje znanje s onima koji se mogu njime okoristiti, spreman sam na, recimo, takve ugovore. Ali ja svoje znanje držim skupim i dragocjenim. I mislim da sam u pravu - ja znam ono što nitko ne zna i spreman sam to ustupiti. Dakle, dajem određenu ponudu i tražim odgovarajuću protuvrijednost s time da ti ostavljam da sam odrediš tu protuvrijednost.

- Pa sigurno znaš koliko bi me koštalo kad bi mi rekao sve o Vjeri?

- Ne zanimaju me novci, ako si na to mislio.

- Nego što?

- Zanima me odgovor koji mi možeš dati. Iskreni odgovor.

- I ako ti dam iskreni odgovor ti ćeš mi ispričati sve o Vjeri?

- Da.

- E 'ajd pitaj me pa da ti iskreno odgovorim, - rekao je Sebastijan samouvjereno.

- Vidiš, ja volim istinu. Ona mi je, ne budi zlo rečeno, trgovina. Ja ću ti reći istinu o Vjeri, a ti ćeš mi dati iskreni odgovor o istini. Svako u potrazi za svojom istinom...

... Dakle, moje pitanje glasi: Koliko je istina važna u tvom životu?... Ili bolje da ovako postavim pitanje: Da li ti je draže stalno tragati za teško uhvatljivom istinom ili ti je draže živjeti u udobnoj laži?

- To je pitanje?!... - razočarano je rekao Sebastijan. - Pa eto, meni je istina draža. Ma kakva ona bila.

- Recimo da bi mogao zbog istine ostati gladan, bos i gol, da li bi i dalje tragao za njom?

- Bih. S laži ne bih mogao živjeti. Od nje nikad nije bilo koristi.

- Reci mi, da li bi dao život da saznaš istinu? Kad bi ti se ponudio dug život u laži i kratak život na čijem kraju nalaziš istinu, što bi izabrao?

- Dao bih život da saznam istinu.

Mladić ga je promatrao. Nakon kraće stanke rekao je:

- Zadovoljan sam.

- S čim? S odgovorom?... Ako ti je to bilo pitanje i

tvoja „cijena" koju su tražio, i nije ti baš nešto.

- Nije to bila cijena. To je bila protuponuda.

- Kako to misliš protuponuda?

- Ja ti nudim istinu, a za nju ti daješ protuponudu i cijenu te protuponude. Nije bila cijena samo iskreno odgovoriti nego i iskreno misliti ono što govoriš... Ti si mi rekao da si za istinu spreman dati život, zar ne? A ja ti nudim istinu.

- Je l' to znači da ćeš me ubiti kad mi ispričaš sve o Vjeri?

- Ubiti? Ne, neću te ubiti.

- Dobro, hoće li me auto zgaziti, ili će mi se već nešto dogoditi?

- To ne znam. Ako se to i dogodi, ja s tim neću imati nikakve veze. Štošta znam, ali to ne znam. Nisam ja Nečastivi.

- Nisi Nečastivi? – ponovio je Sebastijan kao jeka.

- Pa ne vjeruješ valjda u te bapske priče da Nečastivi postoji? Ti si gospodar svog života, hoćeš li si nauditi, to ovisi samo o tvojoj volji... U redu? Jesi li sad spreman za svoju istinu?

Sebastijan je ispio konjak do kraja i natočio si još jedan. Kimnuo je glavom.

Mladić se nasmiješio:

- Sigurno?... Potpuno si spreman? Spreman si ako ti kažem da Vjera poznaje Gorana onoliko dugo koliko i tebe, da ga je upoznala onda kad je i tebe upoznala, ali ti ga nikad nije spomenula? Da se druži s njime onoliko i onako baš kako i s tobom?... Neće te iznenaditi ako čuješ da tvoj susret u kafiću s Goranom nije bio slučajan, nego njihov propali sastanak?... Neće te šokirati ako saznaš da su svi Vjerini odlasci kozmetičarki, krojačici, teti na čaj, ženski izlasci, glavobolje i menstruacije zapravo bili sastanci s Goranom?... Da je Goran bio odušak i strast nasuprot tvojem mučenju za što skorim vjenčanjem i volji da joj napraviš dijete?...

Spreman si ako ti kažem da je ona poslije tvoje postelje gotovo bez iznimke odlazila k Goranu da, nezadovoljena, zgrči noge još jedanput poslije tvojeg kratkog dahtanja? I da je tvoja želja za brakom bio samo bijeg od dokazivanja muškosti pred svijetom?...

Dok je mladić govorio Sebastijan je postajao sve bljeđi. Riječi su ga pogađale kao zasjeci sablje. Oči, već sjajne od pića, sad su mu se zažarile, ruke su mu se počele znojiti, grlo stezati. Srce mu je tako divljački počelo tući da je mislio da će iskočiti iz prsa. No, mladić to nije primjećivao i nije prestajao.

- Ti si, bez obzira na sve, spreman čuti istinu, „ma kakva ona bila", kako si rekao, i makar je životom platio, već kako si procijenio da vrijedi?... Nemaš odgovor? No, zapravo to nije ni važno, posao je posao i ja ću ispuniti svoj dio ugovora.

Vidiš, tvoja Vjera-nevjera, hahahaha, kako se to zgodno rimuje, i nije tako velika kučka, kako bi mi pravi momci rekli, hahahaha... Stoji, ne može se poreći - ona te je varala i vara te svojski i njezinom rodu priroćeno i uspjela je izbrbljati svom ljubavniku sve tvoje intimne tajne koje si joj povjerio. Na primjer, kako si zakazao više puta u krevetu s drugim ženama no što si uspio nešto napraviti, kako si podlo izdao neke prijatelje, pa masturbirao dok si gledao sestru kako se kupa i jednom ukrao neke novčanike na nekom rođendanu. Ona se nije cerekala samo glupostima koje si znao izvaliti pred drugim ljudima i koje je prepričavala Goranu. Ne, ona je s njim, s Goranom, tvoje gluposti dizala na pijedestal Budalaštine i Maloumnosti. Riječ Sebastijan bila im je sinonim za duševnog i umnog kripla. No, mora se priznati da je ona ipak branila tvoju čast. Pred svojim prijateljicama, doduše, ali i to je romantično i hvalevrijedno. Zli jezici bi mogli reći - a ja nisam jedan od tih - da je ona to radila samo zbog jednog razloga: ipak se na kraju krajeva željela udati za tebe. Naime, zato te i nije s potpunim užitkom opanjkavala kao kretena pred svojim prijateljicama i nije te htjela ostaviti, iako te ismijavala i držala idiotom. Zašto? Pa taj Goran, tvoj školski prijatelj i njezin ljubavnik, dobar je on dečko, ali previše je obrazovan, voli on tvoju Vjeru i napravio joj je, eto, i dijete, ali nije Vjera njegova partija. Jeste partija, ali ne za ženiti, više onako za ljubakanje. S obzirom da se glupi Sebastijan ionako želi ženiti, pa zašto ne bi u jednom obavio dvije stvari: i ženu i dijete. Pa zar je uopće bitno čije je dijete, zar nisu djeca radost svijeta?...

Na te je riječi Sebastijan napola lud skočio s fotelje hvatajući praznu bocu sa stolića. Mladić kao da je upravo to čekao:

- Imaš ti pravo! Zlim jezicima treba pokazati! Razbit im glavu tom bocom, zabit im grlić u usta da im tamo ostane i da nikad više ne govore kako si bez jaja, bez primozga, bez...

Zadnje riječi izgubile su se u udarcima bocom. Sebastijan je tukao po glavi mladića bez razmišljanja, makinalno, jakim i brzim zamasima. Udarani se nije branio, samo je sjedio kao da surađuje - glava se nakon svakog udarca vraćala u uspravni položaj. Sebastijan je bio usredotočen na tu glavu koju nije želio više vidjeti, koju je morao maknuti na bilo koji način, koju je htio izbrisati iz sadašnjosti, izbrisati njezinu prisutnost i postojanje. Boca je pukla, ali Sebastijan nije prestajao. Udarao je dalje ostatkom boce sve dok ga nije napustila snaga.

Kad je prestao, tijelo se omlohavilo, i onda se, oslobođeno sile udaraca, prevalilo na pod između kreveta i stola.

Kad je glava nestala, Sebastijan se u hipu otrijeznio.

Pogledao je svoje ruke, i u rukama krvavi grlić boce.

Pogled mu je zatim pao na svoju odjeću poprskanu krvlju.

Nagnuo se preko stola.

Kad je ugledao tijelo razmrskane glave, zaljuljao se i sjeo.

„Isuse bože, ja sam ga ubio!...”

Ustao je još jednom i još je jednom, sa strahom, pogledao krvavu glavu iza stola.

„Ja sam ga ubio!!! Isuse bože, ja sam ga ubio!!!... Što ću sad napraviti?!... Isuse, što sad uopće mogu napraviti?... Došao je tu, ja ga uopće ne poznajem, ne znam mu ni ime... Ali, kako uopće mogu nekome reći da ga ne poznajem, svi će reći da se poznajemo i da sam ga namjerno ubio! A nisam ga namjerno ubio. Izazivao me je, kakve mi je bljuvotine izgovorio, to ni jedan normalan čovjek ne može izgovoriti, bože moj, pa nisam ja kriv...

... Nazvat ću policiju, ja nisam kriv, sve ću im objasniti, bila je to samoobrana. Napao me je, verbalno, vjerojatno je htio novac, da, htio je od mene novac, da, došao me je ucjenjivati lažima. Sve je to istina, nisam ništa izmislio. Pa da, nazvat ću policiju, objasnit im odakle ovaj mrtvac u mojoj sobi. Ja s tim nemam ništa, došao je k meni, nisam ni čuo kad je ušao, provalio je, prijetio mi je... Pa zbog toga ne mogu ići u zatvor, on je mene napao! Nije potrebno ništa lagati... Nemam što skrivati, on je došao sam ovdje, nisam ga zvao, niti ga poznajem, došao je opljačkati, ima luđaka koji pljačkaju i potom ubijaju... Za takve ne mogu ići u zatvor...”

Sebastijan je uzeo mobitel i stisnuo broj policije:

- ... Da... ovaj... u mom stanu je mrtav čovjek... Sebastijan. Sebastijan Došen... Adresa? Moja adresa je... Bože, koja je moja adresa, ne mogu se sjetiti... Da, da, sve je u redu sa mnom, samo se ne mogu adrese sjetiti... Sâm sam... ne, zapravo nisam sam, on je došao u moj stan, provalio je i htio me opljačkati... Da, napao me je, ali nisam povrijeđen, ja sam se branio... Da li diše? Ne, ne diše... Da pogledam? I onda?... Da vam kažem?... Dobro...

Sebastijan je zaobišao stolić. Na glavi su se, u krvavoj kaši, teško raspoznavale oči i usta. Primio ga je za ruku i uhvatio za zapešće tražeći žilu kucavicu. Hladna koža natjerala ga je da odmah ispusti ruku. Pogledao je prema prsima i tad je primijetio njegovu odjeću. Vesta svijetložute boje bila je umazana krvlju. Krvi je bilo i po hlačama boje pijeska.

„Ali on nije imao takve hlače. On je imao traperice...“

Odmaknuo je stol i onda je uz muku okrenuo tijelo na bok. Pogledao je kosu. Bila je plava.

„I kosa mu je bila crna...“

Spazio je drugu ruku koja je ležala ispod tijela. Nešto je stiskala.

Sebastijan ju je otvorio i izvukao iz nje knjižicu. Bio je to Goranov notes. Sad je promotrio tijelo drugačijim očima.

„Isuse bože, pa kako? Pa kako je moguće? To je... Goran!!!... Ja sam ubio Gorana... Isuse bože, ja sam ubio Gorana!!!...“

Tupo je zurio u tijelo ne vjerujući vlastitim mislima.

Puno godina nakon tog događaja Sebastijan je svake noći sanjao isti san. U snu je vidio uvijek Vjeru i sebe: sjedio je za stolom i bespomoćno gledao kako ona odlazi. Sjedio je kao prikovan i nije mogao ustati. Imao je samo jednu misao na umu: „Moram otvoriti oči ...“ Ponekad bi se u snu čuo i muški glas, ali nije znao kome pripada. Glas mu je ponavljao uvijek jednu te istu rečenicu: „ Djeca su radost svijeta.“

I onda se budio. Uvijek u istoj sobi - u zatvorskoj ćeliji. Svaki put nakon sna osjetio bi kako mu se kap znoja otkida od pazuha, kako polagano curi niz njegovu staru, naboranu kožu i kako u tom trenutku pomišlja kako je zapravo i on i njegovo tijelo iluzija, i da taj znoj koji osjeća i nije bio pravi znoj nego samo njegova uobrazilja, isto kao i sve ove godine koje je proveo i prosjedio u ovoj sobi. I nikako se nije mogao sjetiti je li to ikada i bilo drugačije. Sve što je imao od uspomena, bio je jedan zvuk. Zvuk koji se često pojavljivao i u njegovoj javi - zvuk glasova iz mobitela, udaljen vrlo, vrlo daleko.

KUĆICA

Kuća koja mi je tada, prije tridesetak godina, ponuđena na prodaju i koja je odgovarala mom skromnom izdatku za prostor koju sam htjela urediti kao fotografski atelje, nalazila se u Stenjevcu, u predgrađu Zagreba. Stenjevec je tada, za razliku od danas, bio pospan kvart s malim prizemnicama, crkvom i jednom trgovinicom uz crkvu. Ta crkva, crkva svetog Petra, bila je stara župna crkva sa starim grobljem i poznato mjesto proštenja. Milodari su oslikali crkvu suhim freskama kojih se ni stolna crkva ne bi postidjela, a i poznatom kipu Bogorodice s Djetetom redovno se hodočastilo. Poslije drugog svjetskog rata, plemićko vlasništvo zemljišta kraj crkve je konfiscirano, razdijeljeno partizanima i njihovim familijama i na mjestu konfisciranih oranica iznicale su nove kuće, ali neugledne i skromne, više kao privjesak crkvi i njezinom starom groblju nego kao kuće nekog naselja. Bijelo obijeljena skromna kućica koja mi je bila ponuđena na kupnju, bila je jedna od tih nanizanih prizemnica uz loše asfaltiranu cestu.

Kućica je bila opasana dvorištem popločen starim opekama, a iza ljetne kuhinje u dvorištu nastavljalo se usko dugačko polje koje godinama nije bilo ničim ni sađeno ni sijano.

Na uličnu stranu gledala su iz kuće dva trokrilna prozorčića, a nerazmjerno velika ulazna vrata bila su postavljena na stražnjem dijelu kuće. Pred ulaznim vratima bilo je drvo stare marelice i pumpa za vodu, stara i upotrebljiva samo za onog tko je bio vičan životu u kući koja nije imala sproveden ni vodovod ni kanalizaciju.

U kući su bile dvije niske sobice. U većoj se nalazila peć na drva na kojoj se moglo kuhati. Druga manja soba u kojoj se spavalo nije imala otvor za dimnjak, bila je tamnija i hladnija. Kroz prozor te druge sobe navirivala se iz dvorišta podivljala loza.

Kućica nije bila u zavidnom stanju, ali imala je, na svoj način, osobnost - njezino propadanje nije poprimilo odbojnost, smrdež i trulež nego je kućica upravljala svojim metamorfozama: miris me je podsjećao na bakinu kuću, stare mjedene kvake na vrijeme u kojem sam bila rođena, dvorište na moja nekadašnja igrališta. Izgledalo je kao da kućica i dalje živi ali drugom formom života. Ali hoće li naše druženje biti ugodno? Hoću li zažaliti ako je kupim?

Kuću sam naposljetku ipak kupila jer je bila izuzetno jeftina čak i za ruinu kakva je bila. Kupnji je posredovao jedan po proviziji relativno povoljan ured za nekretnine i mladi suradnik tog ureda mi se ispričavao što kuće nije u potpunosti prazna jer, osim vidljive nečistoće, vlažne paučine i poluodlijepljenih cvjetnih tapeta, preostao je još jedan stari ormar i velika natrula drvena škrinja. Kasnije sam ustanovila da ni tavan nije bio prazan: našla sam nekoliko starih kožnih kofera punih požutjelih i od moljaca nagriženih ljubavnih romana, u jednom kutu nešto zidarske građe, nekoliko pletenki popucalog pruća i jedna oveća izgažena prljava kartonska kutija. U toj kutiji našla sam od naftalinskih kuglica smrdljivi krzneni okovratnik sivkaste boje, u njemu zamotana tri pisma i veliku staklenu crvenu kuglu za bor. Pisma, nenaslovljena, bila su od vlage naftalina razlijepljena i potom od dugog stajanja sasušena. Sadržaj, u svakom pismu od po nekoliko stranica bio je razmazan i nečitak. Pismo u sredini, podebelo kao i druga dva uhvatilo je vlagu samo na pregibima i oprezno ga otvarajući uspjela sam pročitati neobičan i uzbudljiv sadržaj koji je potpisivala izvjesna Marta.

Uz ispravak razmrljanih mjesta i nadopunu dijelova koji su već bili izblijedili, sadržaj je bio sljedeći:

„U Zagrebu, dne 4. siječnja 1957.

Draga moja!

Od kad smo se posljednji put vidjeli, prošla su stoljeća i stoljeća, neutješna duga stoljeća samoće i napuštenosti. Ono što me je tješilo u duge sate koji su bili umrtvljeni radom, bila su sjećanja na naša dva urečena sastanka. Kad bih poslom služila po kućama i prala podove mojih „milostivih gospođa“, u predahu bih klečeći brisala znoj sa čela i smiješila se što sam isto tako klečala pred Tobom da bih Ti odvezala cipelu. Tada bih osjetila miris Tvoje sobe, udaljene od prljave stvarnosti koja me je okruživala i kojoj sam morala služiti. Miris Tvoje sobe bio je miris jabuka pomiješan s mirisom Tvoga tijela. I taj miris donosio mi je mir kao što je bio mir nebeski u Tvojoj, Našoj sobi. I onda bi moji časovi lakše i brže protjecali.

Ja Ti ne mogu pisati o lijepim stvarima jer nisam okružena lijepim stvarima niti mi se događaju lijepe stvari o kojima bih Ti mogla pisati. Ja živim na drugom kraju svijeta, u koji Ti ne spadaš. Tvoj svijet je tamo gdje izlazi sunce i gdje je prvo svijetlo i sunčano. Kad sunce dođe do mog kuta svijeta, ono svijetli još samo malo i slabo. I tko ne želi sunce samo za sebe? Uhvatiti ga bar za tren, bar da bi mu sjena svijetlila sutra, u pamćenju. Takve uspomene svijetle meni u mojim danima.

Danas je dan moje slatke i hladne osvete. Uvukla sam i Tebe u nju ne pitajući Te i ne hajući. Da, to je strast, strast osvete kojom se ne može vladati. Ista je kao i strast ljubavi koju osjećam za Tebe i kojom ne mogu vladati. Ali osvetu nisam dijelila, uživala sam je sama u cijeloj njenoj potpunosti:

Vratila sam se u ovaj moj kućerak s krznenim okovratnikom. On me je upitao odakle mi krzno. Rekla sam da Si mi ga Ti poklonila, moja „Milostiva“. Rekao je da mi lijepo stoji i da ga trebam nositi. To mi je bilo dovoljno. Mogu reći da me je preplavilo zadovoljstvo, slatko zadovoljstvo. Pitat ćeš, odakle meni krzno jer mi ga Ti nisi poklonila? – On, moj dragi muž, je jednom iz svojih pijanki donio nekakvog mačka slineći nad njim kao nad djetetom. Govorio mu je da ga jedino on razumije, tepao mu, a onda odjednom počeo bjesniti da ga ja nikad nisam razumjela i da ga nikad neću razumjeti. I onda me je istukao. E, pa jednostavno sam priklala tog mačora: prije nekoliko dana sam ga uhvatila, odrala ga kao zeca, meso mu isjeckala na komadiće i stavila u pac. Krzno sam dala krznaru da mi sašije okovratnik. Novcem koji sam mu ukrala. I to nije sve. Od mesa te proklete mačke ispeći ću mu sutra mesnu štrucu za ručak.

Ponekad se pitam zašto sam se udala. Zašto sam se uopće udala i zašto sam se za njega udala. Ne mogu reći da nije bilo ljubavi. Bilo je ugode, kratko vrijeme. Pričekao bi me uvijek poslije posla, pratio do moje sobice, poslije u duge šetnje kroz parkove, onda u šetnje kroz livade sela M. .., pa nazad do moje sobice. Govorio bi: „Kako si vitka... Kao rasni hrt.“ Ja sam se tome smijala iako nisam razumjela što to znači. Kad sam mu govorila da nisam obrazovana i pitala ga da li me se stidi, odgovarao je: „Za takvu glavicu i struk nije ti potrebna škola.“ Zaprosio me je tek kad sam ostala trudna. Zaprosio me je nevoljko i zbog reda, kad ga je moja gazdarica, brižna i bez dlake na jeziku pozvala na red i „objasnila situaciju u kojoj on ima izvršiti svoj dužnost.“ Više nije govorio da sam lijepa ... Kasnije sam to počela osjećati na svom tijelu, kad je umjesto naših šetnji zalazio u gostionice, vraćao se pijan i mrzovoljan, kad mi je govorio da sam debela skotna prasica i onda me šamarao ... a ujutro bi me plačući molio da mu oprostim, da nije bio pri sebi, da nije htio, da se to više nikad neće dogoditi i tako dalje, i tako dalje. Ali onda sve iznova i uvijek ispočetka, bez kraja takvom mučenju ...

No bila bih nepravedna kad bih ga samo tako opisivala. Jer svaki pakao ima svoj raj ako se želi izdržati pakao. Ponekad bi subotom vodio našu djecu u šumu, proljećima bismo brali gljive, jesenima kestenje i onda bi znao hvaliti moj ručak, govorio je kako je dobio najljepšu partiju u gradu bar što se nogu tiče, šalio se i prostačio, razigrano, bez zlih primisli ...

Ali ono što je ubio u meni, u ono vrijeme kad sam počela dolaziti k Tebi da Ti čistim i redim kuću, to mu neću nikad oprostiti. Ubio je onaj djelić volje da ga prihvatim kao čovjeka, sirovog, nezadovoljnog i izmučenog, ali kao čovjeka. Našao je Tvoju knjigu koju Si mi poklonila, knjigu pripovijedaka koju Si čitala još u gimnaziji, izderao ju je preda mnom i zaprijetio da će mi polomiti noge ako opet nađe da besposličarim: „Ja sam se iškolao i to je dovoljno za jednu kuću! Da sam htio pismenu gospođu, ne bih tebe oženio!" Da, ja sam za njega bila nepismena služavka koja je takva trebala i ostati, koja je samo da rinta i trpi batine. Zamrzila sam ga kao šugavog psa! - Ali nisam bila glupa, obuzdavala se: mirno, samo mirno i hladnokrvno, govorila sam si. Prilika ostvaruje osvetu, samo je treba dočekati. Bio je već ogreznuo u piću, dobivao opomene na poslu zbog kašnjenja i nediscipline, bez jutarnje čašice ne bi mu se prestale tresti ruke. I ja sam mu priskočila u pomoć. Počela sam kupovati piće, nuđati mu ga kad je bio kod kuće i uvijek imala skrivenu pletenku vina. Skrivenu i to na tavanu. Da, na tavanu na koji se nije usudio jer se bojao popeti na ljestve, jer se bojao visine. I znao je onakav supijan zbog toga bjesniti, a onda cmoljiti da mu donesem vina s tavana. Da, počeo je cijeniti moju vlast i osjetio je moju moć. Mrzio me je, ali je znao da je u najtežim pijanstvima ovisan o meni.

Tako, na žalost, nisam uspjela pročitati svoju prvu knjigu, svoju prvu lektiru koju Si mi zadala. Slagala sam Ti da mi je knjiga preteška za čitanje jer me je bilo sram priznati da živim u svijetu divljaštva i neotesanosti. Bila Si ljubazna. O bože, kako Si bila tankoćutna! Poklonila Si mi novi roman i rekla da bih trebala naći neko mirno mjesto na kojem neću biti uznemiravana. I onda sam opet našla utočište na tavanu. Kad je moj muž bio divlji, bježala sam na tavan i čitala knjigu. Moje skrovište nitko nije našao i u njemu, kroz tvoje knjige, otvarali su za mene novi svjetovi. Da, ti si bila jedna od „milostivih gospođa", ali za Tebe nisam bila služavka i pralja. Za Tebe sam bila živo biće koje ima želje. I uslišavala Si mi želje kao moja jedina prijateljica.

Nikad neću zaboraviti kad Si mi poljubila ruke i rekla: „Cijeli svijet je u tvojim rukama. Otvori ih." Da, otvorila sam ruke i predala se Tebi. Ti Si me naučila što je poljubac, što je milovanje i užitak. U Tvojoj sobi zvukovi su dobivali slatku toplu snagu, lakoću. Dodiri tijela izazivali su u meni nepoznati smijeh kojim se još nikad nisam smijala. Otkrila sam da u meni postoji još jedna osoba, osoba koje se ne stidim. Po toj novoj, otkrivenoj osobi mi smo u našem svijetu bile sestre.

Naučila sam još nešto što mi je bilo potrebno u mom svijetu i o čemu Ti želim pisati. Lukavstvo. Naučila sam se lukavstvu. Shvatila sam da nije moć u snazi kojom raspolažemo nego u načinu kako je znamo upotrijebiti. Moja moć je bila u tome što je on povjerio meni svoju slabost, svoj porok. Prije par dana pomokrio se u krevet jer je bio toliko pijan da nije mogao ustati. Noć poslije toga bio je opet pijan, ali ja sam mu zalila lončić vode među butine. Ustao je mokar i bio je uvjeren da se pomokrio.

Draga moja, ne želim Ti više pisati o ružnoći mog života. Sve drugo o čemu bih Ti mogla pisati, bilo bi ponavljanje mojih sjećanja na Tebe. Cijelim svojim bićem čekam Tvoj poziv i čeznem za našom sobom. S iskrenom ljubavlju

Tvoja Marta"

Bila sam osupnuta.

Ta otvorenost u ljubavi i ta otvorenost u mržnji, djelovala je na mene kao nagli zarez nožem po koži. Zar se to zaista dogodilo? I zašto pismo nije poslano? Ili bar poderano? I krzneni okovratnik u kojem je pismo bilo zamotano – zar je to zasta bilo krzno mačke?

Cijela stvar mi nije dala mira i odnijela sam krzno krznaru da ocijeni vrstu krzna. Rekao je da još nikad nije vidio takvo krzno: po obradi izgledalo je nevjerojatno kvalitetno i dobro uščuvano zečje krzno, ali je po dlakama bilo pregrubo za njega. Vjerojatno neki križanac koji nije uobičajen na tržištu.

Sad sam bila još zbunjenija i znatiželjnija. Nazvala sam ured za nekretnine koji je posredovao kupnju. Rekla da sam našla neke osobne stvari koje bih rado vratila nekom od vlasnika. Moj mladi suradnik obećao je da će pokušati o tome obavijestiti najmlađeg sina jer otac, vlasnik kuće, živi u staračkom domu i nije u stanju suvislo razgovarati.

Nakon par tjedana posjetio me je muškarac srednjih godina, ne odviše pričljiv i kako sam primijetila, tjeran na posjetu više nostalgijom koju je osjećao prema kući djetinjstva nego mojom molbom. Prešućujući pismo dala sam mu krzneni okovratnik nadajući se kakvom komentaru. Ustvrdio je da to krzno nije nikad vidio i da je siguran da njihova majka nikad takvo što nije nosila. Takve stvari nisu si niti mogli priuštiti jer su bili prilično siromašni - otac im je zarana otišao u mirovinu kao teški šećeraš, a majka je služila po kućama čisteći. Novaca nije bilo ni za školovanje sve djece. Upitala sam ga kakvo je sad zdravlje njegovog oca, a on mi je rekao kako je samo čudo da još živi uz tako teški dijabetes. Bilo mu je puno lakše dok se njihova majka o njemu brinula, ali ona je umrla prije desetak godina. Rekla sam kako je to za njega sigurno bila prava nesreća. Odgovorio mi je da je to bila nesreća za sve njih, majka je zapravo sve njih sama podigla. Nije bila obrazovana, ali je bila puna razumijevanja i širokog duha i trudila se da i oni koji nisu nastavili škole uvijek čitaju knjige i sami se dalje uče. Upitala sam ga kako im je otac obolio od dijabetesa, to je česta bolest alkoholičara. Začuđeno me je pogledao i rekao da njihov otac nije nikad pio, šećerna bolest je bila nasljedna po očevoj strani.

Razgledao je kuću, pokazala sam mu što sam preuredila i što namjeravam preurediti i, reda radi, upitala ga za mišljenje. On je rekao da je kuća stara i ruševna i da svaki prepravak vrijedi. Dodala sam da bez obzira na njezino stanje, kuća djeluje toplo i da ću vjerojatno nabaviti mačku jer to pristaje gostoljubivosti koju ima. Upitala sam ga jesu li oni držali mačku. Koliko se on sjeća imali su nekakvu sivu mačku, ali ne dugo, odlutala je nakon nekog vremena. Na kraju sam ga upitala što ću s krznom. On je slegnuo ramenima, što se njega tiče, mogu ga baciti, radi njega se nisam trebala uzbuđivati. Oprostili smo se i ja sam ga pozvala da svrati kad bude u prolazu. Bilo mu je drago radi takvog poziva. Već kad je bio na vratima, upitala sam ga kako se zvala njegova majka. Zvala se Marta.

Pismo sam zamotala u krzno i zajedno sa staklenom kuglom za bor stavila u novu kutiju. Dodala sam naftalina i onda je vratila na tavan, na mjesto gdje sam našla tajnu. Na neki način činilo mi se da mi je kućica pružila onakvu dobrodošlicu kakvu sam htjela – ponudila mi je svoje prijateljstvo, ispričala mi je svoju tajnu.

I nisam požalila – u devet godina koliko sam u njoj živjela i radila, napravila sam radove po kojima je moj rad bio prepoznavan – svaki rad nosio je neizostavno u sebi, želeći ja to ili ne, ili neku zagonetnu priču, ili skrivene osobe ili neku paralelnu stvarnost.

Kad sam prodala kućicu i iselila iz nje, i moj rad se promijenio. Kućica više nije bila dio mog života i stvaranja. Srušena je par godina nakon toga jer se devedesetih godina Zagreb širio i jeftine cijene građevinskog zemljišta u Stenjevcu privuklo je mnoštvo kupaca koji su htjeli nove i velike kuće.

SLUČAJ

U ordinaciju je ušla mlada djevojka. Lice joj je bilo blijedo, sjaj u očima caklio je strah. Sve je na njoj bilo mršavo i tanko – lice, bijele ruke, stas, rijetka kosa, čak i njezina velika torba izgledala je kao da nema sadržinu.

- Dobar dan ..., - promucala je.

Doktor je kimnuo glavom, ovlaš je osmotrio, pa pogledao u kompjutor:

- ... Cotić ... Tonja Cotić, je l' tako? ...

Djevojka je kimnula.

- Pa sjednite gospodična Cotić i recite mi u čemu je problem.

Djevojka je poslušno sjela.

- ... Mislim da imam problema ... ovaj, imam poteškoća ... s disanjem ... imam bolove, evo ovdje ..., - djevojka je stidljivo pokazala na grudi.

- Otkad imate bolove?

- Već nekoliko dana ... otkad sam ... da, već nekoliko dana ...

- Kakve bolove?

- Kad duboko udahnem, kao ubod igle ...

- Jeste li prije imali poteškoća s disanjem?

- ... Ne.

- Jeste li zadnjih dana bili prehlađeni, kašljali ... ?

- Nisam bila prehlađena, ali sam kašljala. Kašljem već deset dana.

- Iskašljavate?

- Ne.

- Imate li problema sa srcem?

- Pa ti bolovi ... oni su oko srca.

- Osjećate li umor, vrti li vam se u glavi, imate li bolove u nekom drugom dijelu tijela? ... Natečene noge ili bolove u nogama?

Djevojka je odmahivala glavom.

- No, dobro, prvo da vidimo. Skinite se do pojasa.

Djevojka se zacrvenila u licu, spustila torbu na pod, pa onda, gutajući slinu, otkopčala haljinu i spustila je do struka.

Doktor je ugledao tako prozirnu kožu da je ostao zatečen. Put joj je bila bolesno bijela, mišiće gotovo da i nije imala, bile su vidljive i najtanje žilice - izgledala je kao slika iz udžbenika anatomije. Dojke su joj se tek nazirale, bradavice su bile sitne i smežurane tako da su se doimale poput dva madeža. Na desnoj strani, gdje su bila rebra, vidjela se oveća izraslina i oko nje naoteklina. Pogledao je njezino uplašeno lice. S tim izrazom pričinila mu se kao neka vanzemaljska prikaza, istalasala na stolici kao kakav neobičan cvijet. Cvijet koji bi od samog dodira mogao uvenuti.

- Recite mi, ovo na desnoj strani, ova izraslina, - je l'
vas to boli? – upitao je liječnik.

- Ne, ne boli me. Ta me strana ne boli. Boli me na
drugoj strani.

Doktor je ipak popipao izbočinu. Bila je tvrda i imala
je oblik kao kod teških prijeloma rebara. Onda je dotaknuo
drugu stranu prsnog koša. Djevojka je tiho vrisnula, koža
je ostala neočekivano uleknuta pod njegovim prstima i u
trenu je poplavila.

- Oho, što je to? Slomljeno?

- Ne, nije slomljeno.

- To ćete odmah ići slikati. Otkad vas to boli?

- Pa već desetak dana ... I nije slomljeno.

- Kako znate da nije slomljeno?

- Zato jer sam to već slikala ... Prije deset dana. Bila
sam na hitnoj jer me je boljelo.

- I?

- Ništa. Dobila sam tablete protiv bolova.

- A slika? Imate sliku kod sebe?

- ... Imam ...

- Mogu je vidjeti?

- Da, samo ...

Nije dovršila rečenicu već krzmajući izvukla je
rendgensku sliku iz torbe. Doktor ju je podignuo spram
svjetlosti dok je djevojka nazad navlačila haljinu na svoje
tanko tijelo.

- Ah, ovo nije ništa. Mrlja. Slika nije razvijena kako treba ... Treba ponovno slikati.

- Slikali su me još jedanput.

- ... Da? ... I?

Djevojka je izvukla još jednu rendgensku sliku iz torbe. Doktor ju je podignuo uvis i promotrio.

- Pa to je isto. Ništa se ne vidi.

- Da, to je rekao i doktor na hitnoj. I nije mogao ništa učiniti.

- Dobro, slikat ćete još jedanput.

- Dobro, slikat ću još jedanput. Ali to nema smisla.

- Kako to mislite?

- Slike su dobro razvijene. Pokazuju ono što jeste.

- Ne pokazuju ništa. Desna strana rebara vam se vidi, ali jako slabo, a na lijevoj strani je crna mrlja. S tim ne mogu ništa napraviti.

- Znam. Ali to je istina.

- Što je istina?

- Ja nemam rebara na lijevoj strani.

To je izmamilo doktoru osmijeh:

- Kako ih ne biste imali? Da ih nemate, ne biste bili živi.

- Pogledajte još jedanput. Moja desna strana je natečena, zar ne? Natečena je, jer imam rebra, deformirana rebra, ali rebra. Lijeva strana je drugačija, na toj strani su mi rebra ... nestala.

- Nestala?

- Znam da zvuči suludo, ali to je istina. Prije deset dana rebra su se počela stiskati prema unutra, gušiti me. Nisam mogla disati, zato sam kašljala. Rebra su se lijepila za pluća, počela se s njima stapati.

Doktor ju je netremice gledao.

Djevojka je tiho nastavila:

- Kad mi je bilo rečeno da će moja rebra nestati, ni ja nisam povjerovala u to.

- A tko vam je to rekao?

- Moja majka.

- Vaša majka vam je postavila dijagnozu?

- Ona mi je sve objasnila.

- Objasnila?

- Da...

Djevojka se nećkala par trenutaka, a onda upitala:

- Imate li malo vremena?

- Naravno. Ali prije moram još provjeriti vaše srce.

- U redu. – rekla je djevojka i ponovo oslobodila gornji dio tijela od haljine.

Liječnik joj je prislonio stetoskop. Nije čuo ništa neobičnog, disanje je bilo bez šumova, srce je udaralo ujednačeno i pravilno. Pomaknuo joj je haljinu sa struka da lakše postavi slušalicu. Tad je ugledao pupak. Zapravo nešto što bi trebao biti pupak: umjesto pupčanog udubljenja ukazala se duboka brazda zarasla u crne, oštre, guste dlake. Djevojka se opravdala:

- ... Takav je oduvijek ...

Liječnik se odmaknuo i još jednom je odmjerio:

- A recite mi gospodična, je l' vi jedete?

- Pa ne ...

- A zašto ne jedete?

- Ne mogu.

- Zašto ne?

- Ne mogu žvakati. Imam rane u ustima.

- Rane? Da vidimo kratko, otvorite usta ...

Djevojka je poslušno zijevnula.

- Otkad imate te rane?

- ... Nekih desetak dana.

- Treba ih ispirati, dat ću vam recept... Što ste mi još htjeli reći?

Djevojka je uzdahnula s olakšanjem:

- Da vam bude situacija sa mnom jasnija, moram vam ispričati kako je došlo do ovog stanja. U noći prije desetak dana prsa su me počela strašno boljeti. Nisam mogla dobro udahnuti, rebra kao da su se zalijepila za prsa. Kašljala sam tako jako kao da je sva nutrina navalila kroz dušnik. Moja majka je napunila kadu vodom, postavila dasku na kadu kao klupu i posadila me na nju. Kad sam spustila noge u vodu, kašalj je odjednom prestao. Upitala sam je zašto je tako napravila. Rekla mi je da su u njenom selu običavali tako raditi kad bi se netko gušio.

Drugu noć su se pojavili isti bolovi u prsima, nisam mogla doći do daha i mislila sam da ću umrijeti. Majka je napravila istu stvar, no ovaj put nije puno pomoglo. Kašalj se umirio, bolovi malo popustili, ali strana ispod lijeve dojke počela je naticati. Stavila sam obloge, ali kao da je baš zbog njih počelo još više naticati.

Otišle smo na hitnu, doktor me je pregledao i poslao na slikanje pluća. Slika je ispala ovakva kakvu je vidite pa me je poslao još jedanput na rendgen. I druga slika je bila ista. Rekao je da trebam ostati u bolnici zbog daljnjih pregleda. Ja nisam htjela ostati, oteklina se smirivala i zato sam rekla da ću ujutro doći u bolnicu. Doktoru nije bilo pravo, ali ja nisam popustila. Dao mi je tablete protiv bolova i rekao mi da se s time ne igram, da obavezno moram u bolnicu.

Kad smo došle kući, popila sam tabletu i, što je bilo čudno, pomogla mi je. Pomislila sam da je to možda neka psihosomatska bolest, neka izraslina zbog nekih trauma. Ali nekih dubokih i trajnih problema zbog kojih bi mogla imati takve bolne promjene na tijelu, zbog kojih bih mogla oboljeti - nemam. Studiram i volim svoj studij, imam svoje prijateljice, živim skromno, ali nisam ni gladna ni željna ičega. Vodim sasvim normalni život. No, onda mi je majka ispričala takvu priču koja me je prilično potresla i zbog koje više nisam mogla sklopiti oči.

Rekla mi je da ja ... da ja ... nisam njezina kćer ... Da me je usvojila. Da sam nađena u selu. Selo se zove Cotić, na planini Tarni je. Našao me je njezin brat, on je svećenik u selu, našao me je na izvoru potoka Koričice. Kaže da sam ležala ispod drveta unita, zasuta bijelom prašinom. To drvo, taj unit, seljani zovu Golo stablo.

- Unit? - prekinuo ju je doktor. - Nikad nisam čuo za takvo drvo.

- Ne znam kako ga ovdje zovu, moja majka i svi seljani kažu da je to drvo unita. To drvo nema listova, samo gole grane preko cijele godine. Takvo drvo nisam nigdje drugdje vidjela osim u majčinom selu.

Bila sam posuta bijelim prahom, potpuno gola, bez ičega na sebi. Zbog ovakvog pupka - u brazdi obraslog crnim dlakama - svećenik je rekao mojoj majci da sam ja ... dijete Leptirice.

Doktor je podigao obrvu:

- ... Dijete Leptirice?

- Da. Ali da biste to razumjeli, prvo vam moram ispričati o potoku Koričici na čijem sam izvoru nađena. U selu postoji legenda o Koričici, o lovcu Torjanu i o neposlušnoj Leptirici. Potok Koričica je počela izvirati iz zemlje onda kad je na planini Tarni umro prvi čovjek - lovac Torjan. Po njemu i zdenac u selu zovu Torjanov zdenac.

Nekad davno, još dok nije bilo ljudi u tom kraju, Torjan se uspeo na planinu u potrazi za divljim svinjama. Planina je vrvjela od divljači i Torjan je imao lak posao. Živio je u jazbini koju je iskopao i u njoj je noćivao s mrcinama svinja koje bi zaklao. No jedne noći Torjan se, zbog umora, nije uvukao u rupu, nego je zaspao na samom ulazu u sklonište i baš u tu zoru spustio se oblak s neba, iz zemlje Maše, kako legenda zove nebo, na mjesto gdje je Torjan spavao. Oblak iz Maše nije bio oblak, nego Leptirica, neposlušna i znatiželjna Leptirica. Leptirice su bića prozirna tijela s tankim i nedodirljivim krilima koja se nama čine kao oblak. Njihova zemlja Maša je nebo i ona pripada Voti. Vota je gospodarica Leptirica i glavna boginja Taka.

Leptirica-oblak spustila se na zemlju, omotala se oko

zaspalog Torjana i uzbudila njegovu sirovu strast. I kad se prosulo sjeme iz njegova spolovila, Leptirica je to vruće sjeme upila kao što vruća zemlja upija hladnu kišu. Ali Vota, čije oči su bile svugdje gdje se prostirala njezina zemlja, poludjela je od bijesa. Zato što se dodirnulo čovjeka i što je njegovo sjeme oplodilo Leptiricu, sabila je Leptiricu u zemlju, a Torjanu rasporila utrobu onako kako je on klao divlje svinje. Na mjestu gdje je Leptirica sabijena u zemlju, ulila se Torjanova krv i kad se zemlja napila njegove krvi, na tom mjestu izbio je izvor i otud je počela izvirati voda. Potok Koričica. Ponad izvora je izniklo drvo unit, drvo koje ima gole grane, ali koje ne vene. Kad su drvosječe počeli govoriti o rijetkom drvetu na Tarni, to je privuklo prve seljane, obitelj Cotić. Po njima se i selo tako nazvalo.

Legenda se nije zaboravila jer svake godine kad prolista koja od grana unita, u selu se rodi dijete s očnjacima kao u divlje svinje i živi vrlo kratko: kad otpadne lišće s grana, dijete umire. Djevojke su se zato prestale udavati u Cotiće, mlade generacije su otišle u grad, a stari psuju boga kada govore o svom selu.

- Još nikad nisam čuo za selo Cotiće ni za takvu tradiciju.

- Niste ni mogli, Cotići su zaseok, sada žive tamo samo desetak ljudi, jedva da ga ima na kartama.

Doktor je pogledao djevojku sa smiješkom:

- Recite mi gospodična nešto praktično. Tko je upisan u Maticu rođenih pod vašim roditeljima?

- Moja mama je bila učiteljica, nije se udala i nije se ni namjeravala udati. Ona me je prihvatila kao dar s neba.

Njezin brat je otišao do matičnog ureda u grad pod čijom je upravom bilo selo, objasnio im tobož neugodnu situaciju kako mu je sestra ostala trudna i rodila dijete bez oca, pa su oni upisali tu „sramotu" bez puno pitanja. Otac djeteta nije upisan. Kad me je moj ujak predao svojoj sestri kao bebu, ona je odmah potom otišla sa mnom u grad i tamo ostala nekoliko mjeseci. Seljani su me vidjeli tek kad smo se vratili nazad u selo, tako da je moja mama rodila mene, kćerku, u gradu. Kad sam završila osnovnu školu, moja mama i ja smo se preselili skroz u grad da bih se mogla dalje školovati, da ne budem sama.

- Sve je to zanimljivo, gospodična, priča je ... hm ... jako interesantna. Ali recite mi kakve to veze ima s vašim rebrima i plućima?

- Prije deset dana majka mi je ispričala da ju je njezin brat posjetio kad ja nisam bila kod kuće. Rekao joj je da je cijelo drvo unit u selu prolistalo. A kad cijeli unit prolista, on će se i osušiti, tako je rekao. Na to se čekalo cijelo vrijeme, to je bio završetak legendi. Unit će nestati i više neće biti nakazne djece u selu. Kada se unit osuši, selo će se osloboditi kletve. I sve što je s unitom povezano, umrijet će ... A ja sam povezana s unitom ... To znači da ću ja uskoro ... umrijeti.

- ... Umrijeti?

- Da, moja priroda, Torjanova priroda u meni, će nestati i ja ću živjeti prirodu Leptirice. Ovi bolovi znače da moje tijelo treba postati tijelo Leptirice. U noći koja će biti maglovita, obavit će me oblak magle kao što Leptirice obavijaju tijela svoja krilima. Orosit će me magla po tijelu kao što Leptirice otresaju prašinu svojih krila na tijela svoje djece. Na mjestu rebara, tu gdje imam naoteklinu i gdje mi je sad uleknuto, izrast će mi, ispupati krila. Kao što ih ima svaka Leptirica.

Doktor ju je gledao zaprepašteno, a djevojka je zaječala:

- Ali moje tijelo to ne može izdržati... Ja ću umrijeti ...

- Pogledajte gospodična, - rekao je doktor malo pribranije. - Postoji tisuće razloga zašto imate bolove. Možete mi vjerovati jer sam liječnik i bolovi su moj posao. No zasad ne mogu postaviti dijagnozu jer nemam dovoljno podataka za nju. Zato trebate slikati rebra. Kad uslikate rebra, stvar će biti jasnija.

Djevojka se malo pribrala, a onda rekla:

- Ne vjerujete mi, je l' da? ...

Doktor je zastao na tren, a onda se nasmijao:

- Ne znam što da vam kažem za vašu priču ... Ako ste je izmislili, zaista imate bujnu maštu, a ako vam je ona prodana kao istinita, onda ste vi, draga gospodična, jako lakovjerni.

Vrata na ordinaciji su se otvorila i pojavila se glava sestre:

- Doktore, pacijenti čekaju.

- Evo ... Onda, pišem uputnicu za slikanje ...

Djevojka je šutke ustala, a doktor je dodao:

- Čim slika bude gotova, javite se sestri, preko reda.

Djevojka je uzela papir i pogledala doktora:

- Osim moje majke i ujaka, jedino vi znate da ću umrijeti ...

Dva tjedna nakon tog razgovora, dok je doktor Bergman ispisivao recepte za posljednjeg pacijenta, u ordinaciju je ušao stariji čovjek.

- Dobar dan, kolega, ja sam Horvat, sa sudske medicine.

- Dobar dan… drago mi je …

- Ja vas poznajem po čuvenju: doktor Klarić, vaš stric, moj je poznanik i često svraća na sudsku. I uvijek se hvali svojim nećakom koji se vratio sa specijalizacije iz Njemačke kao jedan od najboljih specijalizanata. Vrlo se ponosi vama.

- Ja sam oduvijek bio stričev miljenik pa voli pretjerivati u hvali.

- I kako je bilo u Njemačkoj?

- Vrlo interesantno. Bolnica je bila velika i tko je htio, mogao je puno toga naučiti.

Horvat je izvadio papire iz torbe:

- To mi je drago čuti zato što ovdje imam jedan neobičan slučaj. Vaša pacijentica. Ime je … Cotić, Tonja Cotić …

Bergman se trgnuo:

- Cotić?... Što je bilo s njom?

- Nađena je prije dva dana u obližnjoj šumi, otvorenih rana na prsnom košu i rastrgane odjeće. Jučer sam izvršio obdukciju, potrebni su mi bolesnički podaci, radi istražnog nalaza i mišljenja.

- Što se dogodilo?

- Neobičan slučaj. Rebra su joj bila tako istanjena i slaba da je pravo čudo da joj prije nisu popucala i da nije umrla. Neka se nisu ni spajala s prsnom kosti, neka su bila slomljena i komadići su bili zabijeni u pluća.

- To nije moguće. - odvratio je Bergman.

- Da, potpuno neobjašnjivo. Trebala je odavna biti mrtva. S obzirom na takva rebra, bilo je dovoljno da je pala, ili da ju je netko gurnuo. Iako i to zvuči fantastično ... Na lijevoj i desnoj strani, u visini dojki komadi rebara su izašli van, izgurali dio pluća, kao da je meso htjelo van. Našao sam u rani neko hrskavičavo tkivo, ne znam što bi to moglo biti.

- Hrskavično tkivo?, - ponovio je Bergman tiho.

- Da. Potpuno sraslo s tijelom, nije strano. Kao početak neke malformacije. To moram još detaljnije pogledati ... A kako je došla u šumu i zašto je imala rastrganu odjeću, za to će se istraga morati dobrano oznojiti. Tragova silovanja nema.

- Kad se to dogodilo?, - upitao je Bergman.

- Preksinoć, baš kad je noć bila puna magluštine - praznik za sudsku, obično je puno prometnih...

Bergman je bio blijed.

- Bila ja na pregledu kod vas, zar ne?

Bergman je kimnuo:

- Da ... prije kojih dva tjedna.

- Samo jedan posjet? ... Pa kako je moguće da je takva osoba uopće hodala? S obzirom kako njezina rebra sada izgledaju, sigurno nisu ništa bolje izgledala ni prije dva tjedna... Zašto je niste poslali u bolnicu?

- Poslao sam je na slikanje, ali se više nije pojavila.

- Pa što vi mislite, o čemu se radi?

Bergman ga je netremice gledao. Duže ne što je to bilo za očekivati. Onda je nevoljko rekao:

- Zaista nemam ideju o čemu bi se moglo raditi.

- Znači, takve slučajeve niste imali na specijalizaciji?

- Ne, nisam.

- Vidite kolega, i ovdje se ima što naučiti, zar ne? Ne samo u stranom svijetu.

- U to nisam ni sumnjao. Ljudi su svugdje bolesni.

- Možete li mi samo isprintati te podatke i ovjeriti ih? ... I još potpisati par papira ... Evo ove, da je udovoljeno traženju ...

Nakon što su sredili sve papire, Horvat se ispričao da mora odmah dalje i Bergman ga je ispratio do izlaznih vrata.

Nakon što je ostao sam, Bergman se vratio za stol i tupo se srušio u stolicu.

U tijelu je osjećao trnce i u tom trenutku nije mogao suvislo misliti.

Izvadio je cigaretu iz ladice stola i zapalio ju je.

Tek sa zadnjim kiselim okusom dima i tek kad mu je do svijesti došlo da je cijela ordinacija puna dima, navrvjele su mu misli u glavu poput roja divljih pčela.

Edition **gaar**

Ana Bilić
O jasnoći i drugim zabludama – pjesme

Snježana Bilić
Život s voluharicama – nadrealne priče

Snježana Bilić
Knjiga o Takama – priče za odrasle

Ana Bilić
Ulica snova – fantastične priče